Vom Filik

e konots votik

Vom Filik

e konots votik

fa

Frank Roger

Tradutod fa

Ralph Midgley

evertype

2012

Pedabükon fa/*Published by* Evertype, Cnoc Sceichín, Leac an Anfa, Cathair na Mart, Co. Mhaigh Eo, Éire. www.evertype.com.

Konots/*Stories* © 2012 Frank Roger.
Tradutod/*Translation* © 2012 Ralph Midgley.

Dabükot balid/*First edition* 2012.

ISBN-10 1-904808-92-1
ISBN-13 978-1-904808-92-3

Peseidon in Dutch Mediaeval ed in Imprint MT Shadow fa Michael Everson.
Set in Dutch Mediaeval *and* Imprint MT Shadow *by* Michael Everson.

Teg/*Cover*: Michael Everson.
Fotografot fa/*Photo by* Desy Pistonami, dreamstime.com/Leda_d_info.

Pebükon fa/*Printed by*: LightningSource.

Ninädalised

Vom Filik

e konots votik

Nesavoviko peperöl

Hiel Greg älogedom viföfiko rietaglokili oka äsä flitöm äprimikon ad donioflitön. "Binos bisarik," ätikom, "binobs düp bal mo de lükömöp obsik. Ba flit äbinon gölikum, ka äspetoy. Ab düp lölik-li? Töbo spetöfik."

Ab tävans päbegons ad kobohukön sefazönülis okas, bi öbinons pö lükömöp ünü minuts deglul. Ba lükömadüp pejonöl su tävadoküms oma äbinon pölik. Kleiliko flitöm ädonioflitön vifo sekü brum ninü lils oma.

Läbiko donioköm sui glun äjenon nen fikul. Minuts ömik poso, tävans äkanons lüvön flitömi. Ye Greg päsüpädom vemo, ven alikans äsökons jonianis devegamaflites; jenöfo äbinom soalan ad golön lü päkemikonletöp.

Pos timüls ömik ärivom, ko senäl muifik, lecemi levemo pelitüköli. Äbinos boso tanatik, das äsoalom is, e seil lölöfik ädremükon omi. Ägolom lü päkemifödatanod ed ästebedom jüs öprimikon ad mufön, ab no imufon; seko päkem nonik ipubon.

Ästebedom us dü minuts za deglul u teldeg, poso iseifom däsperiko. Äklülos, das päkem oma piperon. Ijenos büo, ab atna dinäd äbinon patiko neplitik. Ägelogedom, ed ekö püpit in gul fagik labü nunapenäd: Dün Päkemitölat: ed älüodükom oki usio.

"Dalob-li yufön oli, o söl?" äsagom ome vom po püpit.

"Päkem obik no epubon," egespikom.

"Dalob-li logön päkemazöti su boidadoküm ola?"

Ägivom ofe boidadokümi ed äkontrolof patis ömik su nünömajonet. Äfronükof flomi, äflekof oki lü om dönu, sagölo: "Ma pats is val binon leodik, o söl. Eflitol de zif Birmingham lü zif Aylmerville. Päkem olik peregistaron pro Aylmerville, ed ulükömon niludo us."

Boso kofudiko, äsagom: "Kisi vilol-li sagön?"

1

"Vilob sagön, das päkem olik no peperon, o söl. Peblünon tö Aylmerville, kel äbinon lükömöp olik."

"Ab no epubon is su tanod."

"E kod binon, das is no binon zif Aylmerville," äkleilükof ome. "No suemol-li, o söl? Päkem olik no peperon. Ol it jenöfo peperol."

"Kisi sagol-li?" ästötom. "If is no binon Aylmerville, kiöpo üfo binob-li?"

"Pidö, o söl. No kanob sagön osi ole. Is no binon flitapof nomik. Binon sot ditretazäna kaenavik. Tävans no sötons lükömön isio. Zän at binon te pro pösodef calöfik e pro blimot tefik. Ab semikna pöl jenon in sit."

"So—kisi mutob-li dunön anu?"

Älemufükof jotis sagölo: "Dabinons noms tefü päkemi peperöl, ab no tefü tävans peperöl."

Ästunolülogom ofi nen sagön igo vödi bal.

"Nesavoviko paperol, o söl. Mögod dina somik binon so vemo nesuvik, das no dabinon bit ad träitön oni. Pidö, o söl."

"Ab kisi mutob-li dunön anu?"

Smililölo calöfiko, äsagof ome: "Pidob, ab no kanob yufön oli, o söl. Lifädolös deli juitik."

Pos vöds at, äprimof vobi oka dönu. Säkäd omik jiniko pimoükon.

Greg ädasuemom, das äbinos nefrutik ad blibön us. Sekü atos, ägeflekom oki ed äprimikon ad vestigön lecemi. Ab ätuvom te yanis tel me lök pefärmükölis. E no äkanom gegolön lü top kiöpao ikömom. Ägegolom lü püpit, ab pifärmükon e vom imogolof. Ba ifidunof diuri oka.

Ästeifülom ad gebön telefoni, ab neplöpo.

"Ekö ob—nesavoviko peperob äs päkem, keli neföro tuvoy dönu. Jinos, das olifädob reti lifa obik—kel ba no obinon so lunik—in lecem at vagik.

Nek otuvon obi is, to steifüls mödik. Levi! Binos fät obik ad fino binön bal säkädas mu nesuvikas tävanas peperöl.

Ab ekö flan siik in tef at. Nemuiko päkem oba elükömon nomiko lü lükömöp tefik!"

Säk veütikün

Hiel Vincent ästunidom glöpoti leglüga di Firenze; ek ästeifülon ad tirädön küpäli oma. Ädoniologom, ed ekö vom bäldik, kel igleipof bradi omik me doats kluvöfik. Klots ofik miotik, pemik äküpälükons omi taädü logs ofik, kels äfilons me litil fifilik. Äsagof ome Linglänapüko pelukazetöl: "Säkolös obe säki semik dö ol it, e suämü yurods lul ogespikob oni verätiko ole. Ab te säki bal. No plu. Fümolöd, das obinon säk veütik."

"Säk semik-li dö ob it? Säk veütik-li? Suämü yurods lul-li?" Onu Vincent esludom ad dasumön lofoti. "Benö! Yelis liomödotik olifob-li?"

"Fümol-li, das at binon säk, keli vilol säkön? Sevol-li, das omutol sufön sekis gespika obik? Dasuemol-li osi?"

"Si, si," äsagom Vincent, kel äprimikom ad perön sufädi oka ko vom. "Esagol ebo anu, das ögespikol verätiko säki veütik oba dö ob it. Utos, kel ojenos obe binos veüta gretikün obe. Dalilob..."

Logs ofik änüdranons ini logs oma, ed äkanom ti senön hiti, kel äfilükon ofi. Dü timül äsuidikom boso.

"Äsä vilol osi," äsagof fino. "Ogesagob osi ole: Odeadol ünü muls ömik."

"Vo-li? Nitedälob dö atos. Lio odeadob-li, begö! Kikodo fümol-li dö atos? Kanob-li vitön osi?"

Älemufükof kapi. "Te säki bal. Pidob, das gespik oba in tef at no epliton oli. Ba ämögos, das ükanol büologön säkädi at e das ükanol säkön obe säki votik. Ab anu no mögos. Yurodis lul, begö, o söl."

Ägivom ofe yurodis lul, ed ämogolom. Älifädom te delis ömik tö Firenze ed ävilom visitön logöfotis mödikün zifa. Ab anu

3

iglömom lölöfiko vomi, ed äsäntretükom oki ad sevädükön zifi at magivik.

⚙

Vincent ädunom spati lätikün da zänod zifa bü gegol lü lotidöp ad getön päkemi oka e ad tävön lü lutapof. Ab spatölo jüi el Piazza della Signoria, ikolkömom fädo vomi bäldik, kel ibüosagof ome ädelo fütüri omik. Älülogom vifiko, spetöfiko ofi, ed änulälom, va ömemosevof omi, äsi utosi, kelosi isagof ome. Stunolülog nennotodik ofa äsinifon-la, das äbinom te töran nog bal, kel ögivom-la yurodis lul ofe if ävilom gebön täleni büosagöfik ofa.

Tän sunädo älölogof lü om, sagölo: "Säkolös obe säki semik dö ol it, e, suämü yurods lul, ogespikob oni verätiko ole. Ab te säki bal. No plu. Fümolöd, das obinon säk veütik."

"Benö!" ägespikom. "Yelis liomödotik olifob-li?"

Älogof ini logs oma dü timül, tän äsagof: "Odeadol ünü lifayels jöldeg, posä erivol dasteifis valik ola. Lif ola obinon lif fulik ä kotenik."

"Vo-li? Fredob ad lilön osi. Sevol-li, das ädelo esäkob ole otosi, ed esagol, das ödeadob ünü muls ömik."

"Si," äsagof, "memob gudiko osi. Ab jenöfot it, das äsagob atosi ole eceinon fütüri olik. No sötol esäkön säki et, äsä ya inunedon oli. Dabinons säks frutikum ad säkön. Vero, nol deada olik sunik oflunon nesevälo lifamodi ola, igo if te nesevälo. Otidon oli ad prüdön ai mödikumo, ad riskädikön ai nemödikumo; so ovitol deadi sunik ola. Fütüri olik ovotafomol danü bünol at."

"Vo-li? Seko edunob verätikosi fino. Esäkob ole säki verätik. Evitob deadi sunik."

Älemufükof kapi. "No edatikol atosi. Nol, keli ebo anu egaenol dö lifaspel lunikum ola oflunon, turno, lifamodi olik, e seko obetikol dibikumo fütüri ola dönu. No suemol kedi vifik ceinas, keli mufükol. E no glömolös, begö, yurodis lul oba! Cedob, jenöfo, das egaenob mödikumis, bi egespikol säki plu ka balna."

Ägivom ofe bankazöti yurodas lul, sagölo: "Vö, mod olik ad kosidön binon bisarik: begol beianis ad säkön ole säki bal dö ons it, e poso givol ones gespikis fulü filosop mu fopik. No baicedolli, das dabinons vobeds nefikulikum, kels pelons moni mödikum? Ekö—yurods nog lul ole. Juitolös deli."

Tän egivom ofe bankazöti nog bal, egeflekom oki, lemufükölo kapi, ed estepom de pärunaveg—ab no elogom nibudi, kel ävifavabon ve süt.

Brekö! Ekö om dis leluibs ota!

Viens nevotükama

"Ekö top," ätikom hiel Henry. Äparkom toodi oka flanü veg, änexänom, e nevifiko ägrämom sui lubel, keli ibepenoy suvo ome. Fino, äkanomöv, om it, fümükön verati, u no, tefü top at basarikün, kö, ma mödikans, val ämufon ai, e kö votükam äbinon nom laidik. Mens tikälik mödikün ideimons ai konotis valik tefü top at äs sams pöpakonädas lukredik, jafäds magäla, kels änitedons te balugälanis; kels änitedons i magiälanis, kels ävilons skeapön balfomi gedik, äsi naüti lifa aldelik. Obinom ye balidan ad küpedön, das mens tikälik sötons gebön metodi plakik ad fümükön lonöfi konota seimik. De leced nolavik, lekreds stabü büsuemods e bücödots binons leigo nezepabiks, soäs lekreds stabü lukreds simü logam omik.

Henry äküpedom, das no ädabinons nims us, kuratiko äsä äsagoy ome. Natamöf nimas äsevädon, das bos nenatöfik äreigon in top at, ma sagäd, ed ävitons oni lölöfiko. Dido, no älogom bödis in sil, ni yatis, kels äzirönons su glun, no igo näsäkis, kels äzibrumons zü flors. Top lölik äbinon tädiko stilik.

"Xamobös dini kälöfikumo," ätikom Henry, ed äprimom ad nexänön klivi. Vien fibik äneleodükon heremi blonik nebundanik oma. Jünu val äjinon saidiko takedik, nomik. Seko kiöpo äbinons-li votükams, kelis länod at niludo äsufon? I feled, i vat, kel änidon dis sol gölik hitüpa; fot fagik, sil blövik, äsi lefogils ömik, no äjinons pereigöls fa votükam seimik. Äzilogom, ab plä moam nimas, plad at no äbinon nekösömik.

Hiel Harvey älemufükom kapi. Äsötom sevön osi. Itikom-li jenöfo, das ötuvom votükamis magivik is? Nomöf züamöpa omik te älesion tikamagoti oma tefü valikos alna. Ab bi ikömom isio, no nen bölad saidik, öbinos frutik ad zispatön boso ad juitön jöni äsi stili topa.

Älemufükom kapi ad jedön heremi bundanik oka sui bäk, äs göb lunik, ed änexänom klivi. Äcedom, das top at öbinon top dialik ad juitön pignigi. Is äbinon vien ti nonik, e stom äbinon saido vamik.

Äsäklotom yäki oka, ed ägolom lü flumed. Vat flumeda äbinon ton soalik, kel äbreikon seili.

Hiel Harry äskrutom länodi valöpo, ab nos ivotikon sis lüköm oma: feled, flumed, bims su klivs belas in fagot, sil blövik, moam nimas. Äfärmükom logis dü timül, ed äjuitom stralis vamik sola, kels ästralons sui kap pejeiföl. "Top at no dalabon nämädi magivik," ätikom, "ab binon fümo stunabik." Ädeükom butis e lustogis, ed ästepom ini vat koldülik. Äbinos so klietik, das äsludom ad säklotön i nibliti, äsi plöjiti, ed äsätenidükom oki dü minuts ömik in vat jüi zekoap.

"Benö," ätikom hiel Hector, kel ägestepom sui yeb, "mutob golön lomio anu." Suno koap oma äbinon sägik, ed ägebom plöjiti ad sägükön heremi blägik, kel ärivon zekoapi. Poso älenlabom juüpi Skotänik oka, äjoikom futis ini sandals dönu, ed äjedom mänedi oka züi jots.

Hiel Horace ägexänom lubeli nevifiko; de sömit äflekom oki; e dü tim nelunik älülogom lü länod in pödaglun. Feled, flumed, fot e bels äbinons jenöfo ots, äs bü lüköm oma, e bo no ivotikon sis lelunüp. Ägluksmilom, ed älemufükom kapi. Mens balugälik, lukredik! Nemuiko äkanom refudön lesagis nentäläktik atanas ko blöfäd, das äsevom gudikumo, bi itävom usio, ilogom me logs lönik dinädis jenöfik.

Hiel Horvat vifiko inexänom lubeli ed igolom lü parköp, kö äbinon tood omik. Äjedom mänedi e plöjiti sui seadöp pödik. "Binos bisarikos," ätikom. No äseadom koveniko, äsif ek smalikum ka om imufom seadöpi dü nekom oma. Ägemufükom seadöpi lü plad büik nomik, ed änikurbom motori. Pö süpäd gretik oma, tridöms no äjinons binön kö futs oma äkösömikons ad tuvön onis. Ba futs oma isvelikons-li kodü kontag ko vat koldülik?

Ye töbs neveütik at vifiko päglömons, ed anu Horvat ägetävom lomio. Äbinom kotenik, das tikamagots omik pifümons stabü tik täläktik.

Lübät muadöpa

Hiel Arthur ti ifinükom spati oka da muadöp, ven man seimik äfanom küpäli oma, sagölo: "Visitolös, begö, domi labü teads nenfinik. Bexänolös tridemis, gololös da cem pos cem, ed ologol, das tead löpikün no dabinon. No pasüadükolös fa vöds obik, gololös ad süadükön oli it."

Man äjonom ele Arthur stukoti po ok. Ab Arthur äsmililom, lemufükölo kapi. Din at fomü dom no äkanon dalabön plu ka teadis fol, ba teadis lul. Nendoto loks u logicütams votik pagebons ad jafön magedi tridemas jiniko nenfinikas.

"Jinos, das dotol boso," äsagom man. "Kikodo no golol-li usio ad süadükön oli it? Suno otuvol, das gidetob. Opelol te dolaris deg."

Arthur äzogom dü timül; tän äsludom ad blufön oni. Fino kanomöv bo muadön oki ad datuvön kodi logicütama.

"Benö," äsagom, ed äsukom moni in poks oka. "Ogolob usio ad vestigön."

"Danö," äsagom man, kel äsumom moni oma smililölo plitüliko. "Sökolös obi, begö."

Ägolom da yan; ekö om anu in cem smalik nen fenäts. Tridem brefik ädugon lü tead telid. Äxänom tridemi at ed älükömom lü cem dientifik; us tridem votik id ädugon lü tead kilid. Po om yan süpo äfärmon. Ägleipom yanagleipädi, ab yan pifärmükon löko. No äkanom nexänön. Äkanom te xänön dönu.

Äxänom tridemis votik jüs lüköm lü tead mälid, kiöp ästopom ad meditön boso. Jünu cems valik (ai nen fenäts), äsi tridems, ibinons dientifiks, ed alna, posä ibexänom tridemi, yan ineleton ome nexäni.

Valikos äpubon löliko nomik, e jünu iminiludom logicütami nonik. Too lölöfiko no ämögos, das stukot at dalabon teadis mäl, ko tead velid sömitü tridem.

"Benö," äkludom, "dabinos te din bal dunabik, sevabo, ad xänön ai dönu e ad küpedön vego va dabinons stutapüns ad sävilupön nati verik mageda somik. E vüo numobös teadis!"

Älükömölo lü tead degtelid, äprimom ad miniludön bosi. Su tead teldegid, dredäl äplaädon miniludi omik. Su tead kildegkilid, dredäl ävedon ledred. Su tead foldegid, äfenikom ed ävilom nexänön. Ästeifülom nenplöpo ad maifükön yani, kel ädugon lü tridem po om; igo ven ästeifülom mäpetiko ad maifükön yani, at no äyilidon ome.

Äsumom radionatelefoni oka ad sukön yufi, ab neläbiko—yuf nonik! In tef at ämutom yufön oki it—seko äxänom ai dönu tridemi pos tridem. Äsevom, das plän tikavik muton dabinön, ab no äkanom datuvön oni.

Sekü atos, äxänom ai dönu, ädugolom cemi bal pos cem votik; äbexänom tridemi bal pos tridem votik. Su tead luldegvelid äpaudom boso, ed äpidom ai, das no iblinom fladi vata. Äsoafom ed äfenom, ab öbinos nesiämöfik ad blibön us. Ab isagoy, das dom at no dalabon teadi löpikün. Ye odatuvom semo verati atosa.

Ägolom ai. Su tead veldegfolid äprimikom ad däsperön, e, lükömölo lü tead züldegkilid, no äkanom golön plu, ed ädofalom sui glun donü tridem lü tead okömöl.

⌘

Ädelo, pö färmükadüp muadaläneda, man pätuvom in bal stukotas. Äbinom nesevälöfik. Äsufom vatasädütami vemik. Äveigoy omi spido lü malädanöp, kiöpo spetoy, das osaunikom lölöfiko dönu.

Stukot tefik päfärmükon fa poldacif, e mijenot povestigon staböfiko. Dalaban stukota, fomü dom, kel givon magädi teadas nenfinik, äsagom, das sefaprüdamesüls valik pidunons, e das mijenot nonik sümik ijenon us büo.

9

"No suemob säkädi," äsagom. "Man at pätuvom pö tead kilid, kuratiko dis nivod geilikün. Nu binos verätik, das logicütams pegeböl in stukot binons lölöfiko süadüköls, e kanons igo favükön anikanis. Ab fümob, das vestig calöfik oblufon, das muad obik binon lölöfiko sefik, e spelob ad maifükön oni dönu suno."

Poldabür refudon ad spikön jüs seks vestiga gebidons.

Fin tima

"Tim ekömon anu ad mogolön," ätikom hiel Roderick. "Blümob. Fölob zeili nonik ad blibön is. Fin nilikon."

Äjedom logedi viföfik sui süt e sui mens, kels ägolons su pärunaveg, u kels ävabükons toodis okas. Nek äsevon-li utosi, kelosi ojenon? Ed om, äbinom-li balan, kel igetom nuni löpao dö katastrof okömöl?

Lindifos vero. Äbinom bevü privilegans, kels ölailifons. No äbinom gidid oka ad sludön fätoti votanas.

Änilikom lü jelöp büik, ta tataks keranämetik pestuköl, retäd kriga koldik yelas epasetiköl. Mens ömik idränons omi ad nosükön oni, bi no plu äfölon zeili. Läbiko no idalilom onis. Jelöp at blöfonöv anu gebovi oka.

Ädelo ikontrolom providi fidotas ä vata. Id älabom bukemi gudik us dono, äsi kandelis ä lümätis ta jenots vero badiks.

Ädoniogolom, äkurbom ditretalitis ed äfärmükom yani. Äseidom oki su stul bäldik e koveniälik, keli itirom donio ed äkontrolom rietalinaglokili. If inätäprätom nuni gudiko, öretons nog düps ömik püda e baitona bü leliv hölalenoida.

Paokalüp. Ibinon in lut. Vero no pisüpädom ad getön nuni löpao, das fin tima änilikon. E pätakedükom ad binön bevü privilegans, kels ölailifons vali. Äbinon prem demü lif, keli ilifom ma noms. Isevom ai, das äbinos sapik ad no deikön de veg gidöfik.

Reto äkoslogom nevitovikosi. Ästeifülom ad reidön boso, ab vim no plu ädabinon, seko äslipülom.

Galikölo äkontrolom rietalinaglokili oka ad sevön vio luniko islipom, ab ätuvom bluvo, das glokil no plu jäfidon. Emutom ceinön ziöbedemi büä ikömom isio. Mod votik ädabinon-li ad

11

sevön düpi? Atos äbinon veütik, bi imutom sevön tü tim kinik Paokalüp öflapon menäti.

E radion oma! Äsukom oni valöpo, tän ämemom, das äbinon in dom löpo. Ibinom küpälik ad labükön fidi, vati e bukis, ab kodü vif ad dunön valikosi, inedemom dinis votik ömik veütikün.

"Olöpiogolob ad labükön dinis, kelis eglömob," ätikom. "Spelobsös, das no binos tu latik; das Paokalüp no nog ejenon. Neodob fümiko radioni at. Obinon yüm balik oba ko vol plödik. E telefon polovik oba, no mutob-li sumön id oni?" Neai iplidom paratüli somik, ab mögos, das ofruton anu.

Ävilom maifükön yani, ab äjinos, das ästegon. Ästeifülom ai dönu nämü gretik oka; päsüadükom, das öyilidon lo sleifs vemöfik oka. Ab pos minuts ömik, haugölo kodü lefen, äyilidom, om it.

"Döbot duton lü ob," ädasevom. "Esötob nätükön jelöpi at. Ab lio äkanob-li sevön, das öneodob oni ün del seimik?"

Äseidom oki ed äleadom glibön tikamagotis oka. Anu, jenöfo, no äkanom kontagön voli plödik. Ga no äkanom sevön flumi tima ad sevön kisi öjenos plödo.

Äjedom logedi viföfik sui rietalinaglokil dönu. "Stebedolös timüli," ätikom. "Egetob nuni, das fin tima okömon. Kleiliko äbüocedob, das ötefon Paokalüpi, ab va äsinifos-la te, das glokil oba östopon-li?"

Älemufükom kapi oka ed ädeimom tikamagoti at sunädo. Kikodo ögetom-li nuni löpao dö bos leigo neveütik äs rietalina-glokil oka? Äbinos nesiämik. Ab äbüocedom, das nejäfid glokila äbinon-la sümbol bü jenot gretikum?

Äkanom datuvön nosi nen lüvön jelöpi, ab no äkanom dunön atosi u nunön eki plödo ad getön yufi. Äkanom te stebedön ad sevön, va Paokalüp jenöfo ävuton plödo, u no.

"Ab vero lindifos obe," äkludom. "Oblibob is jüs ofegebob viktualis oba. Pö jenet alik, obinos vero fin tima pro ob."

12

Vigs püda nog tel

Strabölo, golob plödio ini solalit sevärik, e lilob hieli Harry, kel vokom nemi obik love süt. Vinegob, e jedob logedi viföfik lü om.

"Benö, kisi cedol-li?" säkom, mufükölo nami da herem mänsidik oka. Haugom, e koap levemik oma geon sekü levobod, keli jiniko efinükon ebo anu. Binom man bigik, ab gudälik, binäliko flenöfik. Binos gudik, das lödom in niläd.

"Milagikos!" gevokob. "Vobod legudik! Obinos lönedik, o Harry!" Nutob ome. Harry lesmililom äs kösömiko, jedom löpio logedis viföfik äsif stään blövik sila dobikon boso, tän nepubom ini dom oka. Evobom ziliko atna: igo etegom fenätis me ked nämik bakastenas, ed ebumom barikadi fo yan. Dom oma anu pubon äs jelodöp. Benö, kösömiko Harry labom klienäli ad tuükön valikosi. Bakastenajelod binon mu vobedik, kleilö, ab odelo omutom säblimön valikosi dönu, if no vilom lailödön in jelodöp. Ab sagobsös verati—etna istukom boedis nämik zü dom, ab atos äbinos nesaidik. Jenöfo isufom dämis mödik e dins ömik pidistukons u pimoükons. Ekö somikos, kel fäkükos mani; sekü atos no cödobsös Harry tu vifiko.

Pösodiko efärmükob nügolöpis valik, kuratiko äs naed enuik. Ün tim et no ilabobs säkädis fefik, te dämis läs veütikis, kelis inätükobs mu vifiko.

Leadob logeti oba glibön love süt: is ed us ek efidunon jelodis oka: stalakläpedis, bakastenamönis nämik, kokretastukotis penämüköl, stigadrati lektinik—valikosi. Disein evedon klülabik bü tim brefik: selidöpimans, äs Harry, jonoms klienäli gretikum ad jelods ledunöfik, semanaedo labü propors smilöfik. Do selidöp spotaklotas ela Harry jinon äs jelodöp, te logolsös hijuteli söla Rosenblum, e leigodobsös penetis obas. Kisi ospetobs-li ün fütür?

13

I züsöpi e tovaponi-li? Leüli lehitik-li? Binob künidan anu, e mens ömik sagonsöv, das künidim oba no binon gitodik. "Ekö säkäds fefik," sagonsöv, e binonsöv voiko verätiks. Seko no demolsös sarkadi obik, begö!

Alan ebo anu efinükon vobi oka; dunöfs at evedons rot, kelis fasiliko geprimobs ai dönu ven tim okömon. Finükob dunöfis oba, stunidob seki voba obik boso äs lekanan, kel dalogom jafoti nulikün oka. Nünatemob luti flifik liföfüköl hitüpa lätikna, logedob lü sil blövik klilik lätikna büä mogolob (anu cedob, das suemob geami ela Harry): poso id ob gegolädob ini dom. Te odelo, zü zedel, osekömobs dönu se sefädaspadüls obsik.

Dü soar e da neit lölik, steifülobs ad no demön noidi e cedidobs ad küpälön ad buks e gaseds obas. Ab jiel Miranda jinof stunolülogön padi ot da neit lölik ed ob güflekob bledi pö vütims nomädik te ad kipedön magedi nomöfa. Jiyunan Kim no igo jäfikof me seimos, kel sümon ko kondöt nomik. Klüliko nek vilon siön atosi, ab noid löpo flagon küpäli obsik valik. Lutonodöms yamöl, cins brumöl, luibarifs feiföl, els cop-cop-cop laidulik tovaskrubianas, kels ai lövo flitons. Günajüts e splods. Glät petroivöl (to steifüls valik obas-li? Jinos netikovikos), luvokäds fäkädik e/u stigädiks, luvokäds letoda, nofüls e rupäds freda. Laibrumam naütik, flaps dumik, kobojoiks metalik. Neit jinon ad foimülön nenfino, kalädoskop tonoda nestirovik. No igo tikoy dö slip; evedon dil pasetatima dü neit. U, me vöds votik, fütüra sinifon odelo, ad spikön kuratikumo.

Göd vedon zedel, e nevasitot obsik labon fino takädi ömik. Seil primon ad dalabön süti; seil, kel pianiko jinon dalabön vali. Stebedobs nog lunikumüpo ad fümön dö stad dinas plödo, tän sekömob se kav e grämob sui sürfät. Val etadunon tatakis—no dabinon däms fefik. Takedükam kion!

Pos nelunüp, plöpob ad maifükön yani. Süt binon fulü dämots; sümon ko lekomipöp nulädik. Logob Harry, kel jäfikom ya me säblim rampara oka. Vob lemödik kion pro del te bal! Too äbinon mu vobedik—klülabiko din veütikün. Harry spetöfom dö ob, vinegom obe, e vokädom: "Pem kion!"

"Pem jeikik!" vokädob ome.

"Benö, kisi cedol-li?" säkom, jonölo pleido fortifis oka.

"Vob legudik febodana," gespikob. "Nüdran nemögik."

Harry lusmililom lobülo, spukom ini nams e geprimom ad säblimön kedis bakastenas. Mens ai mödikums sekömons se kavs. Glidons lindifiko odis. Val pakontrolon fa ons tefü däms, ab valikos jünu binon rotik, e pluamanum fortifas jinon fölön flagis pedesiröl.

Dodo logoy süti pepäridüköl, me boumahogs, vabs pefilüköl, dileds stona, e sfala, e kokreta, e metala pemäköli. Fagotü mets ömik ekö breikots nidöl tovaskrubiana petroivöl äs näsäk skänik, keli edoflapoy. Klüliko vunäbs peveigons lü malädanöp dü neit.

Alan primikon ad säblimön barikadis e fortifis. Dabinons nog vigs tel, ünü kels kanobs lifön nomiko. Pos tim at, lienet somik oprimon dönu ed omutobs dönuön vobi obas. Obinon futoglöpädamät ünü vigs tel, e komip legretik vü slopans e poldanef ojenon dönu ve süts zifa.

Fino, lülogob vifiko Harry, kel lanälikum ai plu, tän ob it primikob ad säblimön fortifis oba. Podälobs ad lifön nen ons dü vigs nog tel.

Nesevädan, kel älogodom
ai sevädik

Vom bäldik äjütof smilili ladöfik mane lifayelas za foldegas, kel inükömom ini cem. Äblebof seilik, e notodot su logod, sofälik, ab säkiälik, äklülükon, das no äsevof omi, ed ägevon ome seko primäti ad primön telspikoti.

"Poszedeli gudik," äsagom nesevädan. "Lio stadol-li adelo? Valikos binon-li kotenik?"

Änutof plütiko ed äläükof: "Stadob gudiko, danö," pos zog timülik äsif no ispikof dü yels mödik ed äneodof töbidi legretik ad flumükön vödis dönu.

"Neodol-li bosi?" äsäkom man büä äkanon reigön dönu seil. "Labol-li valikosi, keli desirol is?"

"Si, binob kotenikün is," ägespikof. "Zib binon legudik, pösodef binon flenöfik ä yufiälik, e labob gasedis oba e televidömi oba ad fulükön timi oba... Do no dabinon mödikosi ad reidön u ad televidön tü tim anuik." Älemufükof kapi, äjedof logedi viföfik lü gul cema äsif äfümof, das binon nog us, üf voto äsüenikof.

"Buükob ad seadön is," äfövof, "ad memön delis gudik pasetik. Nog memob kleiliko timi ven cils oba äbinons yuniks, ven matan oba älifom nog pö saun gudik, e fütür legudik äjinon ad levüdön obis. Ag! Vio ledesirob timis at. Ab dins liedo no jäfidons soiko," äseifof, du älogetof lü om nen jenöfo logön omi, ab memis äfoükof fo sevälöf oka, kels ägeflumons se mieds fagikün tikäla.

"Ag, dels et äbinons magifiks... Matan oba äbinom bumavan, ed ävobom lomo; utos, kel ädälos obes ad juitön famülalifi mu jöniki. Äkanobs dugälön cilis obsik kobo, tapladü pluamanum menas. Ilabobs dauti nemü Jessica, e soni nemü Tomas. Äbinons cils tälenik ed ävedons, nesüpädiko, studans legudik. Äbinons fon läba nenfinik obes. Äbinobs vo famülans fredik. Labob memis

16

jönik vakenas valik, kelis älifädobs kobo. Ün hitüp alik ätävobs
lü Spanyän u Grikän, e lü tops votik, kels älabons sabajolis e soli
mödik, kö äkanobs sätenidükön obis, e kö cils äkanons pledön.
"Poso cils obas ädaglofons, älüvons domi ed ämatikons. Matan
ed ob fredo äkoslogobs bäldi kotenik kobo, ab kanser ämosumon
omi ün lifayel mäldegtelid. Äbinos bü yels plu ka teldeg. Esoalob
siso. Binob kotenik is, ab, äsä esagob osi ole, semiknaiko sufob
soali, igo perisenäli, do elärnob ad lifön ko dinäds äsä binons.
"Utos, kel skänos obi mödiküno, binos, das neai logob cilis
oba. No elogob onis sis lunüp. Jenöfo nulälob suvo, kis ejenon
ones. Lifons-li nog, saunons-li, labons-li karieris benosekik,
labons-li cilis? Ba binob lemot, no sevob osi! Kin sevon, poscilis
liomödotik labob-la! No cedol-li, das lemot dalof logön poscilis
oka pö naeds anik a yel? U säkob-li tu mödikosi?" Älemufükof
kapi; logod ofa ägrufon me däsper luvemik; ti äprimikof ad
drenön.
"No kanob igo memön timi lätik ven ävisitons obi," äfövof me
vög dremöl. "E fümiko no sevob kikodo no visitons obi plu.
Blebob ai mot onas, no-li? Mögos-li, das eglömons obi? Bos jeikik
ba ejenon-la ones! Godö! no sötob ga betikön somo! Tikamagot
somik lienetükon obi. Ba tikol, das perob tikäli obik u sümikos.
Pidob osi vemo."
Äseilikof, ädonükof logeti oka, steifülölo ad bemastön fäkis
oka. Dü timül äjinos, äsif äbinof-la lesüenik, tän ägelogedof omi,
ed äsagof me vög küpoviko nefäkik: "Spelob, das no nofülob oli,
das sagob atosi. Sevob, das binos nesiämik, ab, ön mod seimik,
mebol obi de son obik Tomas. Logod olik jinon so bisariko
sevädik, do no sevobs odi. Ye labob klienäli at dredilik, das son
oba sümedom nätimiko lü ol. Do kleiliko no kanob fomälön
logodalienädis omik anu, bi no elogob omi sis lunüp. Seko tikäl
oba muton binön neklilik, u mebs oba ba cütons obi. Spelob, das
kanol pardön jibäldikane mebis yunüpa e ledesiri ad dönulogön
soni, sis lunüp peperöli..." Vög ofa nevifiko änepubon, ed äjinof
ninikön dönu ini vol ninik, privatik, tikodas e mebas oka.
Ven seil ivedon nekovenik, man äsagom ofe adyö ed älüvom
cemi. Jibäldikan no igo älöädof kapi.

17

Äbeigolöl jigetedani kliniga nemü *Solamoikam Goldik*, vom po getedatab äsäkof omi: "O Söl Renneville, lio stadof-li mot ola?"

"Pidob, das no plu memosevof obi," äsagom. "Ed alna, ven visitob ofi, sagof obe dini ot dö cils, kels eglömons ofi, e das binof soalik." Äseifom. "So ebinos da yels, e no tikob, das saunastad ofik ogudükumon."

"Ab kömol ai. Atos, no sinifos-li, das spelol ai?"

"Si, verätikol. Kömob ai telna a vig, e sör oba leigo, ab klülabiko eperobs speli lölik, das Motül obinof äsä äbinof büo. No plu blinobs cilis. Äbinon plak tu kofudik pro ons ad logön lemotüli so. Ab niludob, das jiel Jessica ed ob ovisitobs ofi jü fin."

"Suemob osi. Jü dödel, o Söl Renneville. Adyö!"

"Adyö!" äsagom Tomas Renneville, ed älüvom klinigi nemü *Solamoikam Goldik*.

Sleit

"Kisi dunol-li?" äsäkom hiel Jake, blod bäldikum hiela Gerry. "Jedob jolastonilis ini mel so fagiko äsä kanob," ägespikom Gerry. "Logolöd!"

Älasumom stonili votik de melajol, ägegolom boso, äföfio-rönom, ed äjedom stonili ini mel.

"Logolöd!" ävokädom. "Elogol-li, kiöp edoniofalon? Ga no äkanoy lielön dofalön oni ini mel!"

Jake älemufükom kapi. "No vilol-li dunön votikosi nitedikum, ka nespalön timi olik is?" Ba sötol-li betikön julavobi mödikumo?"

"No plidob juli."

"Alikans obas sevobs atosi gudiko. Ab ünü yels okömöl, opidol, das enedemol julabligis ola; kredolös obi!"

Gerry ähetom yegädi at fa blod Jake päträitöli. Jake plidom juli valemo, e matemat patiko, e binom studan legudik—taädü Gerry, kel labom lifabuamis votik. Benö, pals oma buükons juladunis ela Jake mödikumo, ka neletianaröni ela Gerry.

"Too, no dunob seimosi dobik is," äsagom Gerry ad jelodön oki boso.

"Dö atos no fümob," ätaspikom Jake. "Sis tim liomödotik jedol-li stonilis ini vat? Stonilis liomödotik ejedol-li ini vat jünu?"

Gerry älemufükom jotis. "No sevob, ab ebinob is dü tim ömik."

"O Gerry, no jinos obe, das dasevol seki mögik dunas ola."

"Seki mögik-li? Dö kis spikol-li?"

"Okleilükob osi ole. Stonils, kelis logol is su melajol äbinons balido dileds klifa. Ävedons stonils klöpik sekü däbrek pos röl laidik love melaglun, sveamöls su flums dü tumyels, u ba dü milyels jüs taid fino eblinon onis isio. Melajol lölik at evolfon da timäds mödik; binon sek volfa jenavik, keli kanobs töbo suemön.

19

Ed anu ekö ol, kel gejedol stonilis valik at ini top riga onas dulü dels ömik."

"So—kisi vilol-li sagön?"

"No suemol-li, o Gerry? Kodol taädi stübik volfa, kel ya edulon da timäds. At kanon kodön sleiti fluma natik dinas. Kin sevon-li sekis jeikik, kelis kanon-la kodön pledil fopik ola? Dunöfi kinik lenaudodik eprimol-li?"

"Ol cogol, no-li?" äsagom Gerry pos seil nelunik. Poso älüükom süeniko: "E sleit somik, kis kanon-li binön?"

"Ba otuvobs osi latikumo, ed ün tim et obinos tu latik," äsagom Jake. "Kanos binön seimos. Alo no sagolöd, das no enunedob oli. No glömolöd utosi, kelosi esagob ole. E betikolös juli mödikumo."

Jake imogolom nevifiko, e Gerry ämeditom utosi, kelosi blod isagom. Äbinom-li fefik? Äbinos-li ba mögik, das gejed stonilas ini mel kanon labön sekis katastrofik? Tikamagot somik äjinon fopik ome, ab flanü votik, Jake nesuvo äcogom. Gerry no äsevom, kisi sötom tikön dö "nuned" oma. Lölöfiko nemögik, ye no äkonfidom oni.

⊞

Pos dels ömik, Jake ägolom lü Gerry dönu su jol. Blod bäldikum no äkanom kredön logis oka.

"Kis, diabö, sinifon atosi, o Gerry? Kisi dunol-li?"

"Gejedob melio stonülis so mödikis äsä kanob," äkleilükom. "Ya egejedob usio nemu tum onas jünu, e ret osökon. Stebedob mu nesufädiko ad logön seki."

"Seki-li? Seki kisik?"

Gerry äpaudom dü timül ed ästunolülogom blodi. "No sevol-li, kisi ejenon pö lejul Crescent Meadows ädelo?"

Jake ämeditom boso ed äsiom. "Si. Äbinon taladremil, e studagrups anik pälomiosedons kodü slitods, kels ipubons ve völs. Ab cedob, das däm äbinon te su sürfät völas."

Gerry ätovom stonili, keli äkipom in nam oka. "Ekö nendoto sleit, dö kel äspikol. Jiniko distukon julabumädis. Verat binon, das

20

no egejedob stonilis saidik ini mel ad kodön dämi lölöfik, ab anu ojäfob me atos nenzögo."

Jake älemufükom kapi nekredoviko. "O Gerry, binol lienetan. Stöpolöd onu nesiämi somik, voto odefons stonils valik melajola at!"

"Id odefons juls valik is," ägespikom vifiko Gerry.

Äjedom stonili, keli äkipom ini mel e nenzögo älasumon votiki.

"No böladolöd obi plu," äsagom ele Jake. "Dabinon vob veütik ad fidunön."

Leduin no büo pedunöl

"**E**rivobs sömiti!" ävokädom hiel Takumi stäatiko. Äkontrolom rietaglokili oka ed äläükom: "Egolobs de melageilot jüi sömit Lebela Everest ünü düp bal e minuts luldeg kuratiko."

"Leduin no büo pedunöl!" ävokädom flen oma Giancarlo.

"Edunobs osi! Edunobs osi!"

Jonölo ome boti, kel änakon len klifamasat in vat dono, e keli äkanoy nefikuliko logön, Takumi ägespikom: "Ab sötobs koefön, das melageilot elöädon lemuiko ünü degyels ömik lätik, kel egevos obes buädi gretik tefü fogolans obas."

"Si, veratiko, ab no ceinos jenöfoti, das egolobs de melageilot jü sömit Lebela Everest ünü tim mu vifik," äläükom Giancarlo, "Edunobs volaleduini nulik."

"Lesi! Verätiko!" äkoefom Takumi. "Kanobs gido pleidön dö leduin obsik. Ab anu, oprimobs-li nexäni obsik?"

"Gidetol! Nexänobsös!"

Mans tel äprimons nexäni lü top kiöpo änakon bot omas. Usao ögekömoms lü vilag flotöl, ledesiriks ad konön alane dö volaleduin okas no büo pedunöl.

Sam gudik

"Sevol-li, o Susan?" äsagom obe Ziom Geoffrey. "Ebetikob bosi, keli elogob in televid."

"Vö, kis äbinon-li atos?" Kösömiko Ziom Geoffrey ävüdom obi tü zädel alik ad drinön bovüli kafa pö bötidöp pebuüköl oma in zif; täno äbespikom lunüpo bali yegädas löfilik oma. Ziom obik binom militan pepänsionöl e dilobs nitedis u cedis töbo nonikis. Äslürfom kafi oka, ästrabom ta solanid, kel ästralon da fenät, ed äsagom:

"Enu ededietoy timi mödik in televid tefü komips difik, kels vutons valöpo da vol. Spikoy ai dö lekruäl, dö lejek, dö barbar levemik."

"Ag, si." Ziom obik klienom ad jäfikön me yegäds, kels ledutons lü tim, keli älifädom pö milit. Sevom gudiko, das no plidob dinis somik, ed änulälob, kikodo ibejäfom yegädi patik at. Ba äcedom, das ilabom bosi leveütik ad sagön in tef at.

"Ekö, o Susan, ai magoy komipis as dins lejekik. E klüliko verätoy, ab dalabons i flani siik, keli neföro küpälükoy."

"E flan siik komipas, kin binon-li?" äsäkob. Inämükob obi ta bal spikädas patedik oma.

"Komips smalükons pöpanumatis. Binobs tu mödiks. Planet obsik no kanon bejäfön plu ka balionis mäl menas, igo mödikumis; no dabinon provid natik saidik; no dabinon lödaspad saidik. Men kontrolon leglofi at dub komips. Ekö med ad kontrolön pöpidaglofi. Betikolös osi, o Susan."

Ätikob dü timül, ed äsludob ad pledön pledi ot. "Ab to komips, kels vutons valöpo, pöpanumats löädons ai. Klülos, das te komips it no saidons ad nosükön menefi. Jenöfo komips tel volik no eceinons numatis. Cedob, das sötobs nüdugön medis mödikum."

23

"Kisi vilol-li sagön, o Susan?" Fron dibik ipubon su flom zioma obik. Nendoto äküpälom lölöfiko anu.

"No sagoy-li, das mens mödikum padeidons sekü mijenots dakosädik, ka sekü konflits militik? Cedob, das atos lofon obes mögis ömik."

Ziom Geoffrey ästunolülogom obi; vöds kleiliko ädefons ome.

"Kikodo no moükoy-li spidimiedükami?" ämobob. "Atos opluükon mijenotis deidik. E klüliko mutoy i proibön gebi sefazönülas, bi neletons menis ad deadön sekü kobojoiks."

"Vilol-li vo sagön osi?" ävisipom Ziom Geoffrey, kel äkanom töbo kredön utosi, keli älilom.

"Ökanobs i dunön mödikumosi," äfövob. "Ökanobs refudön ad kälön viktimis, kels isufons viodis lifitädöl; kikodo no färmükoy-li malädanöpis valik, e proibön medinis valik-li? Kikodo nekäloy-li malädanis ä vunäbis-li? Somo okanobs deidön menis mödikum. Sekü atos, te nämikünans olailifons. Noe olaboy menis nemödikum, abi igo susmenis. Cedob das gidetol—dabinons mens tu mödiks, e mutobs sukön tuvedoti in tef at. Mobs oba, plitonsli ole? Baicedol-li ko ob?"

Ziom Geoffrey älemufükom kapi. "Ag, o Susan..." ekö valikos, kelosi äkanom sagön. Kleiliko tikasökod oba ifavükon omi, ifi ibevobob tikamagotis oma. Kleiliko no ispetom medis so lemuikis de jinef. Jiyunans no tikofs e spikofs soiko.

Pos seil nekovenik, Ziom Geoffrey ästeifülom ad stirön spikoti obas ini vat takedikum, ab vim nu ädefon. Sekü atos no äbinon süpäd ven äsagom, das äbinos gudik ad lifädön timi ömik kobo, ab das anu ämutom vo mogolön. Ipromom ad telefonön obe seimna fütüro ad kobospikön dönu.

Äprimikölo ad lovegolön love süt, iflekom ad vinegön obe, ab no ilogom toodi, kel änilikon lü om mö spid vemik. Tio iplöpom ad flaniobunön tü timül lätikün; te mö zimmets ömik tood ineflapom omi, e poso imospidon.

"Elogol-li etosi?" ävokädom ziom vutiko. "Luman et ti edeidon obi!"

"Ba äbinos desin oma," egespikob.

Kofudüköl, äsagom: "Kisi vilol-li sagön me vöds at, o Susan?"

24

"Ätikob, das äprimikol ad jonön sami gudik e jedön oli foi tood et."

"Sami gudik-li?"

"Benö, ya esagol, das obs binobs tumödikans. e das ömikans obas mutobs deadön. Äcedob, das isludol ad jonön obes modi gudikün ad dunön osi!"

Dü timül stunolülogom obi seilo. "O Susan, löfob oli vemo, ab spirit ola lienetükon obi. Äcogol, no-li?"

"Benö," äsagob. "Mögos."

"Mögos-li?"

"Si e no. Suädükol-li nog tefü flan siik komipas?"

Älemufükom kapi. "Mutob meditön osi." Poso äsagom "Adyö!" obe dönu, e atna älovegolom love süt kälöfiküno. Atna äzülogedom kälöfiküno ad fümön, das toods nonik äkömons.

Vom filik

Smel levemik rosadas äfulükon luti soarik. Sol äjedon stralis lätikün oka sui lefogs, kels äflotons geilo sus horit. Äkoldülikos, e lefogs äprimons ad votakölikön: rojan kleilik nevifiko ävedon karmisinik e purpurik.

Ab man äblibom su yal ed älogetom seilo e drimäliko lü sil dagiköl; id älülogom mufilis lufümik in dag, kel ävilupons valikosi jüs pub stelas balid nidülöl.

Ko seiful äseidom oki in flökastul oka ed äreifom väreti konyaka su tab flanü om. Soaralulit ivotafomon flumöfi yelovik voiko blägiki. Älasumom väreti, änügifom nevifiko konyaki, ed äslürfom oni. Äbetikölo nosi pato, äsuilogom süpo—

—e pö naed balid älogom vomi filik.

Ärönof lefagao, pö sim verik logäma omik, vü bimüls e bims töbo logädiks; balna ätikom, das äkanom lilön smili benotonik ofa, kel ägeleogon in neitalut.

Äbinos zesüdo fomäl oma.

Äslipom püdiko dü neit et.

⌘

Sosus sol ämodonikon ninü mel flamas, änügifom konyaki votik ed ägolom sunädo lü yal. Vien no ädabinon; ton nonik.

Äseadom in flökastul ed älogetom seilo lü fels loveflanü gadakiud bo dü lafadüp. Tio idrinom konyaki oka, ed ästunidom ga sili lölöfiko nen lefogs e stels.

Tän, süpo, älogom stedo föfü ok—

—ed älogom dönu vomi filik.

Naedü at äbinof nilikum, ba mets luldeg mo de om. Äsenom flapi lada, kel äpebon levemo, ed äkanom lilön kleiliko smili klilik

26

voma; id äküpedom, das ärönof nüdafuto. Dis flams flamülöl älenlabof juüpi lunik, kel äkontagon gluni. Ärönof vifiko, tu, tu vifiko.

Äslipom gudiko dü neit et. Ädrimom dö filetatop, kela flams klilik rojanik ädanüdons zü boadablögs.

⊞

Tü neit sököl ya ästebedom ofi; äseadom in flökastul, lad äpebon lienetiko, logs äskrutons dagi. No äküpälom ni ad dom vagik pödo, ni ad stels löpo, e no äsevedom smeli rosadas, kel äfulükon lutemi. Te äseadom us, ed äledesirom ofi.

Fino sufäd oma päbläfon—

—atna äbinof vo nilikum ome; äkanom loegön ofi rönön, me flams petegöl, herem ofa lunik flitöl po of.

Anu äsevom nemuiko, nen jad dota, dö hikel äsmilof. Smil läcerik ofa äfulükon luti, spearüköl smeli rosadas e koldüli soarik. Nevifiko älöükom oki de stul, ädunom stepis anik föfio, ed älogetom lüodü of jüs inepubof. Peb oma änevifikon dönu. Odelo, ba odelo. Adelo ibinof vemo nilik.

Ägegolom ini dom vagik äsif ädrimom. Äfärmüköm körtenis vetik veluvik, äluxamom bukis me püf petegölis su bukaboeds, vasodi Tsyinänik, me sümbols magivik pedeköl, äbruvom soaraluti koldülik, ed äsukom sefädöpi vü stofeds satinik beda okik. Odelo-li? Ba odelo-li?

⊞

Tü neit sököl, no iböladom oki ad sumön väreti konyaka. Äbinon vienül nenämik. Äseadom seilo su flökastul oka; buk, nepereidöl, äseaton su tab flanü om.

Sosus sol icenon ad köl dibikum ed inepubon fino dis horit, ävedom närvodik ed änetakedikom. Adelo vom okömof vemo niliko—va stedo lü om-li?

Äpubof dönu—

27

—äloegom ofi kömön fagao, kel äzibunof vü bimüls, jedölo juüp lunik leitik ini lut, lemufüköl heremi ofa, du flams äläkons koapi lölik ofa.

Smil ofa ägeleogon laodiko, kleiliko, e ven äbinof te steps anik de om, äsmililof, ed ävisipof ome: "Odelo, odelo," ämoflekof logedi ofa ed ämorönof dönu in flamot lita, hita. Ädekluinom sueti de flom oka ed äsökom ofi me steps anik zogöl. Äbleibom logetön ofi dü tim lunik, jüs silhuät ofa japiko peskätöl äbinon tu fagik ad logön.

Dü neit et älemufükom oki ai dönu in bed. Ädrimom dö fotafils, dö funifilüköps e dö smel japik sulfina. "Odelo," isagof. "Odelo." Flams ävilupons koapi oma lölöfiko, e murölo äloverölom flanio votik oka.

⌗

Tü neit sököl, sosus iloegom ofi virön in viräd fila, istürom väreti lafafulik konyaka. Flumot jeragik äspilon love tab ed ärönon sui blit oma. No igo ijäfikom me kluin miota.

Äsuilogom—

—ed älogom, das ärönof stedo lü om, laodiko smilöl; brads ofa äreifons omi. Anu lad oma äpebon lienetiko, ed ätifalom, ab äplöpom ad gegaenön leigaveti oka. Tän id om äreifom ofi, ed äfärmükom logis oka du flams ofa inüslugons omi, ed ipedof lipis filik ta lips oma...

⌗

Cils äsevons, das ideikons tu fagiko de lom, e ba öblamons-la atosi ad gidükön lükömi latik lü dom. Isludons seko ad takädön boso büä öprimons getävi lomio.

Balan onas änügolof ini dom, ab älogof neki. Ävokädof, ab no äbinon gespik.

Tän alans ägolons ninio.

Dredilo äsukons da dom lölik, ab äkolkömons neki.

Ab tän—

—su yal ätuvons koapi mana. Pifilükon lölöfiko.

Stonül magivik

"Lölöfiko paperob,"epölavegob hiel Robert sosus idasevom, das ägolom sirkülo. "Fümob, das ekömob isio büo. Top at binon labüren; vegs, laels e mebotaselidöps valik at logotons dientifiks. Neföro sötob ekömön ini labüren at."

"Kiöpao kömol-li, o flen oba?" äsagom ome balan selanas mödik mebotas, kel ai ästeifülom ad küpälükön omi ad selön ome bosi.

"Linglänao," äsagom.

"Dalabob ebo utosi, kelosi sukol," ägespikom ome selan, ed äjonom ome bosi, kel älogoton äs lubijut, kela sürfät lumagifiko pekölöl änidon in neoninalitem. "Ekö bos pötöfikün pro ol— stonül, kel oyufon oli ün timüls veütikün lifa olik, e kanob lofön oni ole mö suäm mu gudik, o flen oba."

Robert älemufükom jotis ed äföfiogolom. Äfavikom dö selans valik at, kels äseloms dinis somik, e kels äspikoms valikanes ad lofön ones suämis gudik ta bijutüls e luparatüls. Älogedom viföfiko gloküli oka, ed ädasevom, das mutom tuvön vifiküno segolöpi basara, bi no ävilom nefanön nibudi, e nendoto jimatan iprimikof ad kudön tefü om.

Iflekom oki lü nedet, ed ästeifülob ad tuvön vegi zänodik, kel golon lü segolöp, ab pos minuts ömik, ekö om dönu tö top ot büik. Ed ekö selan ot, kel älofom ome stonüli dönu, ed äsäkom ome: "Kisi opelol-li obe?"

Robert no ädemom omi, ed äflekom oki atna lü det, too no ätuvom vegi zänodik dönu. Pos minuts ömik ekö om tö top büik.

Selan älofom ome stonüli dönu.

"Yufolös obi, begö," äpläidom Robert. "Goloh ai sirkülo e mutob sekömön se top at vifiko."

"Jinos obe, das no suemol," ägespikom selan. "Jenöfo stonül dalabon nämi, kel tiron oli isio ai dönu. No ostopon jüs oremol oni."

Robert äseifom. "Benö. Vilol-li yufön obi if oremob oni?"

"Fümiko," ägespikom selan, ed äplänom ome lüodemi gudik, keli Robert ästeifülom ad memidön.

"Danob oli vemo," äsagom Robert.

"Stonül at oyufon oli," älesagom selan, ed älofom ome bijutüli dönu.

"Ag! Baicedob," äsagom Robert ed äremom bijutüli mö "suäm gudik".

"Fäti läbik," äsagom selan ele Robert, kel imogolom ko stonül magivik sonemik, ed ägolom ma lüodem fa selan pejonöl. Läbiko ärivom fino segolöpi.

"Esekömob te ko tim saidik," ätikom, ed äjedom logedi vifik sui glokül oka. "Binob vo danöfik selane et, u ba stonüle-la," ätikom kofo.

Ävifom lü tärat, kiöp jimatan ästebedof omi. Älöstanof sunädo sosus älogof omi; logod ofa pägrufon kudo.

"O Robert, kikodo ezögol-li so lunüpo? Olatobs ad kolkömön nibudi. No mutobs nefanön oni. No geikobsös lü lotidöp obsik— ya enoganükoy töri obas, no memol-li? Motävobs de zif at."

"Ya sevob osi, ab peperob in basar. Binon labüren ko vegs, laels e törans mödiks, kels fulükons kvadapuidi alik. Pidob osi vemo, o löfäb."

Pos sekuns ömik, ekö ons su nibud, kel äveigon onis lü zif votik ad fövön logöfatävi at telvigik. Ab bos äböladon matani omik.

"O Robert," äsagof, "dü lespat olik in basar, älogob yäki jönik in selidöp näi tärat. Ävilob remön oni, ab no ädalabob moni saidik u kreditakadi. Ästebedob däsperiko gekömi ola."

"Ai esagol, das no binon tikamagot gudik, das vom soalik dalabof kädi mödik e kreditakadi in län foginik."

"Binos veratik, ab lio äkanob sevön, das ögekömol so latiko? Egekömol ebo anu ad fanön nibudi. If igekömol sunikumo, ülabobs pöti gönik ad visitön selidöpi e ad remön yäki. Anu ebrulükol vali!"

"Äbinon-li jerik?"

"Si, ab ävöladon moni."

"Suemob. Pidob osi so vemo, o löfäb."

Matan oma äseilikof, älailogof lindifiko da fenät nibuda, klüliko nefredik.

"Binob semo läbik," ädasevom Robert. "Bi peperob in basar, espälob moni mödik." Ädoatom in pok oka, ed äkontagom stonüli. E selan, no isagom ome, das bijutül at öyufon omi ün timüls veütikün lifa? Semo atos ijenos. Seko selan et ba no ecögom!

Äsludom ad kipön stonüli; no äbinom lukredik—ab neai sevoy...

31

Lotidöp kobü zibs valik

"Vo juitob ad fidedön is," äsagom hiel Richard, kel äseitom särväti oka sui tab. "Bötäd ga lofon väli legudik fidotas. Binos dialik pro grup äs obs."

"Vö, gidetol," äbaicedom flen oma, Martin. Jimatans, kels äfifidofs poszibi, änutofs sio. Richard älogedom lü tab telid, ed äküpetom, das pärans votik ti äblümons.

Ünü timüls ömik poso, balan bötanas älükömom lü oms ed äsäkom plüto: "Efifidols-li?"

"Si, si, fümö. Vilol-li kalükön drinedis cemanümes obsik?" äsagom Richard.

"Säkäd nonik," ägespikom bötan.

"Pliton obe sit at," äsagom Martin. "Fasilükon stebi obsik."

"Binobs läbikans ad blibön lä lotidöp at," älüükom Abraham de tab votik. "Binon legudik!"

"Verätö. Benö, gegolobsös lü cems obsik anu, no-li?"

Lektinamisek äblunon alikanis ini dag lölöfik dü timüls ömik jüs stäf ifilidon kandelis ömik.

"Hö! Dins somik jenons semiknaiko. Mutobs ga sufälön onis." Tonod vöga ela Martin äbinon sufodik.

"Kikodo no spatobs-li boso büä ogolobs lü bed?" ämobof jiel Harriet, matan ela Richard.

"Tikamagot legudik!" ägespikof Caroline, matan ela Martin. Jölans älüvons fidöpi, ab no ägolons tu fagiko ini dag neita.

"Ebinosöv gudikum ad blinön kandelis," ämürom Richard.

"Ekö stelis," ävokädom Abraham. "Sül neitik binon so püdik."

"E lit redülik us, nedeto, kin binon-li?" äsäkof Caroline.

"El *aurora borealis* fümo," ägespikom Richard. "Jönik, no-li?"

"Poed verik," äsagof Harriet, pestunüköl.

"Fredob, das kanobs lifädön delis lätik obas is," äsagom Abraham. "Evobobs somödo ad atos. Ekö drim pejenüköl."

"Fenob boso," äsagof Caroline. "O löfäb, golobsös lü bed anu."

"Baicedob!" ägespikom Martin. "Neiti gudik! Jü odel pö janed." Suno igolons lü cems okas e stil äreigon dönu. Balan bötanas älogedom viföfiko plödio.

"Benö," äsagom mane pödo. "Egegolädons lü jelöps okas." "Vilol sagön 'lü cems okas', no-li? No glömolös, das binons lotans lä lotidöp obsik."

"Jenöfö-li!"

"Nu, ol binol utan, kel kuradükol ai morönamagäli onas. No ebaicedol-li ad kalükön drinedis cemanümes onsik?"

"Kisi sötob-li sagön ones? Verati-li? Das sogäd yunüpa obas edästuron; das spälots onas, dub vob mödik pegaenöls, enepubons, e das töbidobs ad kosididön obis nen spel mödik?"

"Ab ons odatuvons atosi suno, no-li?"

"Leno! Efärmükons okis dibiko in magälavol, keli ejafons. Somo kanons lailifön. Fidapors smalik et binons ones daif nespälik, jelöps onsik binons lotidöpacems..."

"Ed obs binobs bötans, kels dünoms onis."

"Ab äbinos tikamagot ola ad pledön ko ons pledi onsik."

"Atos takedükos e reigos onis. Buükol-li. das bäldikans at vutonsöv däsperiko?"

"No primolös dönu blöfädi et. Finükobsös vobi obsik is anu."

"Benö. Ab no glömolös ad blümükön janedi pro lotans obas. Olükömons tü delaprim."

"No kudolös. Ogetons fidaporis onas."

"No kanobs jenöfo plonön. No desirons cemidünoti dü düps teldegfol a del."

"Atos no binon dil sita kobü zibs valik."

Bofikans äsmiloms laodiko.

"Reto, kikodo esekurbol-li lektinijafädiani büä imogolons?"

"Ävilob küpetön nüvobedi lä ons. 'Lektinamisek,' äsagons. 'Somikos jenon igo in vakenöps.' Atos eplitos obi."

"Binosöv ba tikamagot gudik ad sekurbön ai lektinijafädiani."

33

VOM FILIK E KONOTS VOTIK

"Ba odigidons primäti dilekanefa lotidöpa ad lofön fidedis me kandels pefilidöl."

"Esuemol vali! Finükobsös vobi!"

Ädunoms dalogami ve kiud, kel äzüon jelöpi, äkontroloms lökis leyanas, ed äjedoms logedi viföfik lü glimil su horit—meib zifa büik: Los Angeles. Fino id oms ägoloms lü bed fulü dred lo del okömöl.

Föfiomuf, pödiomuf tima

Lemödot menas ikolkömon su piad gretik harata finenik zifa. Ifidoy koledi gölikum ka kösömiko adelo, ud izögoy oni, dat ökanoy temunön "timamufi" bisarik, keli nolavans ibüosagoms, e kel öjenon adelo tü düp degtel, minuts foldeglul. Kodü atos, mens mödikum isludons ad lüvön domis e büris, bi ätikons, das seks seimik ota öbinons küpädikums plödo, ka nino; zuo mens mödik, kels ävobons in harat at zifa itrupons lü piad, äsif ipimofons-la fa drän semik dissevälöfik.

Anu tim äpasetikon, ed alikans äküpedons ai rietalinaglokilis; äbespikons seki mufa, änulälons va seimos ga öjenos-la; änotodons, das ceds nolavanas, kels ästeifülons ad miedetön e suemön magedi somik, äbinons ba nestipöfiko neverätiks; fino äsions, das nek jenöfo äsevon osi, igo no nolavans it, ed östebedons semo us ad logön e ad tuvön suno stadi valikosa poso.

Pö nilikam timüla fätöfik, telspikots valik äseilikons ed alikan ästunolülogon rietalinaglokili oka, logölo dredäliko züo, äsif ön mod at äfümons, das vol sevädik ädabinon nog.

Kuratiko tü düp degtel, minuts foldeglul, rietalinaglokils alanas eföfiobunons jü degtel, minuts foldegjöl. Pläamü atos, nos ijenon. "Sülö! Ya ejenos, e no esevobs osi!" ek evokädon, ab suno alan idasuemon, das nos ijenon. Dido düp iföfiomufon, ifi te mö minuts kil, e no äbinons ceins logovik züo. Klüliko luverat no ädabinon, das länod e bumots öcenons ünü minuts ömik.

Ab nemuiko ced nolavanas tefü timamuf iverätikon.

Menamödot ävedon pianiko muifik; telspikots ämoükons seili. Anikans päsäspetükons, votikans äbinons fulü dred. Anikans älesagons, das valikos ya ijenon, votikans äcedons, das timamufs votik öjenons; anikans igo äletikons netikaviko, das öjenons

35

"timageflum", "timavefils", u "posmufils". Seko mens äblibons tö top ot ed äprimons dredäliko ad kontrolön dönu glokilis, e ad küpedön züamöpi.

Anikans älöpiologons, äsülogons sili, pästilüköl fa jenöf, das sol älenidon ai, das mistom süpik no ijenon (äs fopans anik lukredik ibüosagons osi). Plä timamuf at minutas kil, val äbinon ga nomik. If no pinunedons büo, ed if no ikontrolons glokilis okas, luverätiko igo no üküpedons seimosi nekösömik.

Dü timül nos äjenon. Anikans äperons nitedi ed imogolons, ab utans, kels iblebons, dakipölo säntretükäli lölöfik, äküpedons bluviko, das tü düp degkil, minuts kil, tim igegolon lü düp degtel, minuts kildegzül.

Timamufi at telid, küpedoviko gretikum ka muf balid, no ibüosagoy. Anikans änotodons tupi oksik tefü sleit at timafluma nomik, do ibinos dönu seks nonik logovik zü ons, plä uts rietalina- glokilas. Ab timamuf at süpik e tefädiko gretik minutas mödikum ka teldeg labonöv ba sekis fefik.

Äbespikoy dini, änuläloy va valikos pifinükon anu, das düp inätükon oki, u va itemunons te primi sökoda nenfinik timamufas. Seko ästebedons jeni alseimik okömöl.

Tü düp degtel, minuts foldegfol, tim eföfiobunon jü düp degtel, minuts foldegmäl. Do äbinos föfiobun te minutas tel, too ibinos föfiomuf, jenöfo muf telid, keli itemunoy, e nek äsevon sekis ota. Äbespikoy nog mögis ven, tü düp degtel, minuts luldegjöl, tim epödiomufon jü düp degtel, minuts kildegjöl, e tü düp degtel, minuts foldegkil, tim iföfiobunon nogna jü düp degtel, minuts foldegvel, ab tü düp degtel, minuts luldegkil, ipödiobunon jü düp degtel, minuts foldegbal, e ret.

Mens ai mödikums äperons nitedi ed älüvons piadi. Ägegolons lü bürs, do verätiko äbinos nog koledapaud onsik, igo if ilifädons plu ka düpalaf is (no äkanoy ga mafön timi ven jonians glokas ämufons mo e ge).

"Töbids obas binons vaniks," äsagon seiman saido laodiko dat alikan äkanon lilön osi. "Ba obinos gudik ad moükön glokis ä glokilis, e lifön äs büo." Täno esädunom pärädiko rietalinaglokili oka, edojedom oni glunio ed elepedom oni dis fut okik. Mogolölo vifiko, anikans äplodons ed älobülavokädons primäti omik. Mens

36

mödikum id esädunons glokilis okas; anikans pärädiko emojedons onis, ab mödikünans jenöfo no emojedons ud edistukons timimafianis skänik at, ab te esleafons onis ini poks okik. Äsökons sami ya pejonöl, ab nen flekön okis lü sümbolim u lü näm grobälik.

Suno menamödot imogolon. Dönu mens ädunons calis kösömik okas äs büo, e no plu ädemons timamufis alseimik, öjenöls u no.

Hipul, kel töbo päsavom
de lejek jeikik

Solalit äglimon su flom me suetod petegöl Zioma Harry. "Lülogolsös podis us," äsagom, jonölo onis. "Binons köl ot äs cügs olik, o Tommy. Rojan sanik."

"Dalobs-li labön ömikis, o Ziom Harry?" äsäkom hiel Tommy.

"Fümö! Plökolsös ömikis, o cils."

Pods äbinons lesmekiks, mu vaetöfiks, e vemo kliniks, kuratiko äs ret topa. Hiel Tommy älogom floris kölas mödik, yatis, kels ärönons bevü bims, bödis, kels äflitons löpo: fomis blägik e brauniks ta pöd sila blövik klilik. E, klüliko, äbinon sol, kel äskuton liti ä vami lifükölis oka valöpo.

"Stom vamikon ai plu," äsagom Ziom Harry. "Golobsös lü lak ad svimön! Svim obinon gudik, no-li?"

Ziom Harry, Tommy e Jim, e jiel Lisa esäklotons okis vifiko ed edaivons ini vat kristadaklilik; fläki stääna blövik kamik sila pätroivon seko ini dileds mödik glimik.

Vat äbinon plitiko koldülik.

"Drinolsös!" ävokädof Lisa. "Binon benosmekik." Tommy e Jim äsökoms konsäli gudik söra ed äslugoms mödoti gretik vata koldülik. Äguton vemo klinik, ab tän....

Süpo val äbinon mo. Tommy älöädom in bed oka; änatemom spamo e suet koldik ätegon omi. Kojmar äbinon mo. Dü minuts ömik poso, fidölo janedi nulüdik, äsludom ad bepenön mote drimi.

"O Motül! Elabob kojmari vo jeikiki."

"Vero-li? Bepenolös oni obe."

"Ziom Harry, els Jim, Lisa, ed ob äbinobs in vol bisarik nepesevöl. Äbinobs su länäd, nen jelodaklotem, igo nen

38

loxinamaskars. Solalit ästralon love obs ed änünatemobs luti nen tikön dö dunöf riskädik somik."

"Sülö! Kis ejenos-li?"

"Älogobs bödis e yatis nen kudön dö mögod näfäta. Äblinobs lomio podis, kelis ituvobs, ed äfidobs onis."

"Ag, o Tommy!" Vögaton mota äbinon kesenälik, legiko favik, do te ibinon drim.

"Poso äsvimobs in lak nilik ed igo ädrinobs bosi vata." Tommy älemufükom kapi. No äkanom ga fövön. Mot äröbülof kapi omik. "No kudolös, o Tommy! Val binon mo anu. Egekömol ini vol jenöfik anu." Tommy änutom. Kod favik vero no plu ädabinon. Äblumom ad golön lü jul, ed östeifülom ad glömön dini lölik maleditik. Älenükom klotemi härmetiko pesnilöl kobü loxinamaskar, kel öjelon omi ta lit nenmiserik lütraviolätik, äsi ta lutem pevenenöl, kel äbinon fulü bakters ä kiems deidöls e ta nims me maläds difik penäfätöls, kels ökanons kontagön omi su julaveg. Ägolom da lutalök sui süt, vinegöl patrulanes pevaföl niläda. Suno obinom sogü flens oka dönu su pledöp distalif jula ad komön pö tidodem lailifama stabik e ad valemo böfön. Lif no äbinon tu fefik: ädabinons nebuäds ömik, ab pul nämik ä lanälik ökanon sufön onis.

Kojmar jeikik ya piglömon.

39

El Arthur—nunan patikün

Do no äneodoy kontrolön, das valikos lä kompenät äbinon leodik, hiel Stanton Foreman äfümom ai dö din at, bi dubo ägetom senäli okkonfida. Tedametod pedaoptöl fa om äkotenükom vemo omi—nendoto tedacifs votik ödunoms ebo otosi. "No mutob igo golön usio seimüpo," ätikom. El Arthur kälon vali. Nu ekö tikamagot nekösömikün ad gleipön. Äbinos nuläd ad givön Zänanünöme nemi äsi vüyumädömi mu lönediki pro remanef, kel äläükon flani menik bose, kel voto binonöv te kaenav nepösodik. Ab no nog äkanom fomälön eli Arthur ven äjäfikom me program at. Nendoto tim lunikum tuvedonöv osi.

Äreidom penedis ed äküpedom, das äbinon jenöfo pened ela Arthur. kel änunon ome, das cinem, programs e sits itjäfidik kompenäta: Foreman ByteMarks äbinon anu diläd ela WareLink e das val äprogedon disino.

El WareLink-li? Neai büo ililom nemi at. Kin äbinon-li? Ävälom dilädi tefik nünöma ed äklavon säki: *Kin binon el WareLink-li?*

EL WARELINK BINON STUM LÄYÜMIK AD GUDÜKUMÖN DUINAFÄGI LOVEFLANÜ PARAMETS NOMIK, ägespikom el Arthur. NO SEIMNA OJÄFIDON DÄMÜ DUNOD KOMPENÄTA. NO KUDOLÖS. VAL PROGEDON GUDIKO. SITS VALIK JÄFIDONS E PAKONTROLONS NOMIKO.

Kleilükolös osi obe, äsagom Stanton. *Kikodo no elilob-li dö atos büo?*

NO ELILOL DÖ ON BÜO, BI NO BINON DIL PROGRAMA KÖSÖMIK. BINON SIT LÄYÜMIK, KEL DALON KOMPENÖN LIMANES VALIK TEFIK KO NUNODS E MEDAM BÜ ONS.

Limans valik tefik-li? äsagom Stanton. *Ätikob, das äbinons te ob ed ol. Ob dilekob kompenäti, ed ol jäfidükol oni. Kisi dunol-li plä laijäfidükam cinema, käl e nätükam ota äsi dins plagik-li? E dö nunods, e medam-li?*

40

EL WARELINK BINON FABRIKOT NULODIK PEDATIKÖL FA NÜNÖMA-
VÜYUMÄDÖMS (ÄS SIT ARTHUR) AD PLUÜKÖN NIVODIS VOBEDIK,
VÄTÖLÖLO AI BUAMIS REMANAS VALIK. KANOY LEIGODÖN ONI LÄ
TEDAFED PRO VOBÜKÄBS MENÄTIK.

"No kredob atosi," ätikom Stanton. "Ebo ven äbüocedob, das
nesiäm somik äbinon mo. Äfredob somödo ad dilekön kompenäti
nen vobükäbs." Val äbinädon te me cinem e sits itjäfidik fa nünöm
nämädik pebejäföl. Nek äkanon vobön negudiko, malädön,
lükömön latiko, nekomön, grodön, flagön delis libik, plonön u
kondötön somo ad skänön omi e ad dämükön tedami (pläamü
dilekan). Ibenokömom siti at as finäd säkädas valik somik. Ab
anu el Arthur maleditik iprimon tedafedi ed anu cins valik äbinons
limans. Drim jeikik kion!

Ed anu, äsäkom eli Arthur. *Kis ojenos-li anu?*

LATIKUMO TÜ DEL AT FLAGALISED POGIVON OLE AD ZEP OLIK,
ägespikom el Arthur.

Flagalised-li?

ÄSÄ YA ESAGOB, NO KUDOLÖS, BEGÖ! SIT PEDUNON AD GUDÜKU-
MÖN DUINAFÄGI PRO GEBANS TEFIK. ÖN MOD NESEIMIK DÄMÜKON
TEDI.

Kanoy-li sekurbön u nosükön eli WareLink at? äsäkom Stanton.

DOTOB, DAS LIMANS OTA OLOBÜLONS MOBI ET, ägesagom el
Arthur.

"Niludob, das kanob te spetön gudikumosi," ätikom Stanton,
"büä getob flagalisedi okömöl. Nu, if flags cinas pärefudons-la,
östraikons-li?"

Äprimom ad suemön kikodo inemoy eli Arthur: vüyumädöm
vemik buamü remans labü flan menätik. Jenöfo äbinon vemo
menätik—tu menätik, cedü om.

Sekuns kildeg

Man älügolom lü ob, ed äsagom: "Glidis ole! Labol-li timüli libik? Binob büosagan, e kanob lefümiko büosagön fütüri. Suämü dolars deg ogespikob säkis anik ola. Nitedälol-li?"

"Si, baicedob," ägespikob, cifo bi änaütob bosilo ed ävilob muadön obi. "Logobsös—oplöpob-li? Orivob-li dasteifis obik e vedön liegik e famik-li?"

"Pidob, das no kanob sagön osi ole. Mied nola obik fütüra tefon sekunis kildeg okömöl. Sekü atos, säks olik mutons bejäfön fütüri mu niliki."

"Ab büosag somik pemiedüköl no jinon obe so frutik," äküpetob. "No cedob, das bos veüta veitik ojenon obe ünü sekuns kildeg okömöl."

"Lio kanol-li sagön atosi?" ägespikom. "Kanol neverätön. Nol lölik jenotas sekunas kildeg okömöl kanon sinifön u lifi, u deadi; no meritos-li atos dolaris deg?"

"Ag, benö," äsagob. "Ogevob ole buädi dota. Odeadob-li ünü sekuns kildeg okömöl?

"No."

"Bos badik ojenon-li obe?"

"No."

"So, kis ojenon-li obe ünü sekuns kildeg okömöl?

"No mödikos. Suno operol dolaris deg—ekö!

"No binon-li mon, keli debob ole ad pelön büosagi sonemik ola?"

"Kuratö! Ibaicedol dö atos, no-li?

Estäänükom nami omik, ed egivob ome dolaris deg, igo nevilo.

"Dotob nog vemo dö büosagaskil ola," emurob.

"Ab skil oba blünon obe lemesedi nomädik," egesagom. "Vo viloböv labön remani äs ol ünü sekuns kildeg alik."

Tän elüvom obi, kobü mon obik, nendoto ad sukön remani—u viktimi—votik.

Tätuvots—mo e ge

Sosus hiel Ronny igolom ini biribötädöp at, ädasevom, das no äbinon top gudik ad drinön biri lätik. Menamödot groböfik us äbinon mal topa bapik somik. Smel bira e zigarülas äbinon levemik. Ägolom lü bötatab ad remön biri, do äsevom, das ya idrinom biris tumödik.

Ädrinom biri oka; vüo älogedom viföfiko lü tätuvots klatik, kels ätegons man nämik, muskulik, näi om. Man at klülabiko äküpom, das Ronny no pämagädom dub viräd drakas mödikas kölas e nüdikas jipulas, kels äkomipons ad dareigön su skin oma.

Äsagom: "Dabinon-li säkäd, o flen? No plidol-li tätuvotis oba?"

Ronny no äsevom kisi sagön. No ävilom nofön mani at— lölöfiko no. Äbetikom nog gespiki pötik oka, ven man ko tätuvots äprimom ad smilon, ed äsäkom: "Vilol-li logön obi nen tätuvots oba?"

"Kis sinifon atosi," ägespikom Ronny, nen tikön.

"Cedob, das no plidol tätuvotis obik. Benö, mobob ole yüli. Gekömolös isio odelo, e garanob, das tätuvots at valik obinons mo. Odasumol-li yüli at?"

"Prüdö! Garan ola binon nemögik," ägespikom Ronny. "Tätuvotis so mödikis no kanoy nosikön ünü del bal, igo gebü kaenav nulädikün."

"Dolaris tum yülob. Odelo, is, tü düp ot." Man vifiko älülogedom todiko lü om.

Dü timül Ronny äbinom müätik.

"So, labol-li säkädi in tef at? Ekö yül oba: Gekömolös isio odelo tü düp ot. If tätuvots oba no plu dabinons, opelol obe dolaris tum. If tätuvots oba dabinons nog, opelob ole dolaris tum."

"Ab sevol-li, kisi dunol? No mögos! Operol moni mödik."

"Odelo logobsös. Dasumol-li yüli oba, u no?"

"Suemobsös gudiko yüli ola. Sagol-li obe, das odelo tätuvots valik su brads bofik ola obinons mo? No kanob kredön osi. Brads ola fümiko ojonons skaris jeikik…"

"Olabob tätuvotis nonik, skaris nonik, nosi. Ologol nosi. Vilol-li yülön dolaris tum?"

Ronny äbetikom lofi dü timül; fino äfümom, das no öperom moni. Seko dasumom yüli, fidrinom biri, e remom biri nog bali. Odelo ogaenom yüli at, ed odalabom moni, nen dot semik.

⌗

Tü del okömöl, Ronny ägolom dönu ini biribötädöp tü düp ot ad getön moni. Man petätuvöl ya ikomom, ab älenlabom yäki labü slivs lunik. Smililom okkonfidoviko sosus logom eli Ronny.

Remom biri, sagölo: "Cedob, das debol obe dolaris tum. Vilol-li, begö, deükön yäki ola? Vilol xamön bosi."

Man ko tätuvots äsmililom ai ome, e deükom yäki.

Ronny no äkanom kredön logis oka. Man at no älabom bradis. "Kis sinifon atosi?" ästötom. "No sagolös obe, begö…" No äkanom finükön seti. No äkanoy kredön, das ileadom deköton bradis bofik oma soeliko ad gaenön yüli. Lienetan nonik dunonöv osi ad getön dolaris tum!

"So-li?" äsagom man. "Kanol-li logön tätuvoti alseimik? Ba skari alseimik-li?"

Ronny älemufükom kapi. "No kanob kredön osi," äsagom. Binol lienetikan…" Bi no äkanom tuvön vödis pötik, fidrinom biri oka.

"Debol obe dolaris tum," man äsagom. "Eperol yüli. Koefolös osi."

Ronny älogedom lü man nen brads dönu. Man at, äbinom-li otan, ko kel ispikom ädelo? Benö, vetot oma, logod e nid todik logas äbinons ots. Id idasevom omi sosus igolom ini biribötädöp. Setirom se pok monapoküli oka, seitom zötis tel dolaras luldeg su bötatab, e mogolom. Neföro vilom visitön bötädöpi at dönu.

45

⌗

Pos dels ömik, ävisitom bötädöpi votik in niläd ot. Ronny äkonom dalabane dö belifot oka in bötädöp votik, kö iperom moni mödik.

"Gudiko sevob bötädöpi et," äsagom dalaban. "No sagolös obe, das eperom yüli fa el Harry Bigik pemoböli."

"Kim binom-li, el Harry Bigik?"

"Klülabiko no lödol is, no-li? El Harry Bigik binon man vetik me tätuvots petegöl. Sevoy omi gudiko in topäd at. Yülidun plidon ome. Dub atos kanom gaenön moni mödikum. Jenöfo neodom moni."

"Labom-li jimatani e cilis ad kosididön?"

"No, binom seliban, ab kälom hitelädani oka, kel iperom bradis bofik sekü mijenot bü yels ömik. No kanom vobön, e sekidom ai lölöfiko de Harry."

Ronny änutom. "Cedob, das elogom omi büo."

"Voboms kobo suvo."

"Si, kanob lesiön atosi!" äsagom Ronny.

Säkäd kaenik

Tü düp mäl, minuts kildeg, vamot in slipacem hiela Xavier Ashbury primikon ad pluikön. Tü düp vel irivon nivodi pespetöl. Tü düp vel, minuts lul, körtens nevifiko maifikons ad dalön nüstralön solaliti ini cem. Ottimo galüköm tonon: tonodils japik fa musig takedüköl pesököl.

Xavier Ashbury mufükom nami nesufädiko, e Lomidün Itjäfidik sekurbon sunädo musigi. Ye Ashbury no löädom se bed jüs zao düp jöl, sevabo mö düp bal latikumo.

Fino man löädom se bed e golom lü banacem, Lomidün Itjäfidik epreparon dujeti, fümöl, das vamot vata binon pötöfik, e das lut nüdranon me smel pedesiröl. Too, ebo äs dels büik, no demom töbidi ona. Ashbury te gebom tvaleti, klotom oki e golom ini kvisinöp.

Lomidün Itjäfidik glidom omi: "Janed ola blümon, o Xavier," ab gespik nonik—din kösömik—jünu.

Ashbury seidom oki, pledülom ko zib, ab fidom nemödikosi. Tän, ko logs färmik, jiniko fa tikods dibik pevikodöl, sätenidükom oki. Mutom lüvön domi tü düp jöl, minuts kildeg, ab lindifos ome, das latom dönu.

"Janed olik, no kotenükon-li oli, o Xavier?" säkon Lomidün Itjäfidik.

Xavier te lemufükom kapi.

"Vilol-li, das votükob programi galüköma? Dujeta? Janeda olik-li? Vilol-li lekäli-li?"

"No," äsagom Xavier. "Gudob. Lüvolös vali äs anu. E seilolös boso, begö! Vilob meditön."

Lomidün Itjäfidik registaron vali, ab no kanon gleipön dinädi. Lomidün Itjäfidik nulädikün pidisinon ad gudiküno lobedön vipis lödanas. Kanoy votükön dili seimik programa seimüpo. Kod no

47

dabinon kikodo lödan muton sufälön bosi, keli no plidon. Kanoy bejäfön sunädo flagedi semik, kel binon kaeniko mögiki.

Too, du äbinos nenzeilik ad fövön programi anuik, Ashbury ärefudom ad mobön votükamis, i no ävilom igo bespikön dini. Ibinos soiko pos dels laiduliko. Ye Lomidüne Itjäfidik no pädälon slud tefädik. Väl et no binon ga diläd programa onik.

Jenöfo Lomidün Itjäfidik no äkanon bejäfön dinädi somik. Ba köndöt netikavik lödana älabon stabi lanavik. Ba nenkurad-la: maläd, kel finikon me slipasam petupöl. U tups dicetäma, igo ba klienäl oksasenik. Ab bisä lödan äblibom pö ced okik, sevabo, das val gudon, säkäd äbinon plödü duinafäg Lomidüna Itjäfidik.

Ab klülabiko bos muton padunön. Seko Lomidün Itjäfidik konleton nunemi tefik ed edunon "Nunodi Nenomotas", keli emosedon Käledadiläde Lomidünas Itjäfidik ad pavestigön. Sosus Lomidün Itjäfidik ogeton gespiki, kanon vobedön lejonodis.

⌘

Pos dels tel, Lomidün Itjäfidik äbenokömaglidon Lädüli Lauren Goldsworthy, lödan nulik teada. Sosus ibaicedoy tefü program nulik, Lomidün Itjäfidik kanon nosükön patis valik dö fogolan ofik.

Lomidün Itjäfidik edunon osi me pated säfleda leäktronik. Käledadiläd idientifükon hilödani büik e kondöti oma neplänoviko pöliki as säkäd kaenik ninü sit, kel imekon programi Lomidüna Itjäfidik negeböfiki, ed isludon seko ad moükön e ad plaädön omi.

Lomidün Itjäfidik isüadükon oki anu, das val öbinon legudik tefü Lädül Goldsworthy.

Man, kel äriskädükom
dabini laidik levala

Stels äsvietons nidiko pö neit at nen mun. Igo tufäl lenonik pülikün lefoga ädämükon nendöfi sila, kel äflamon me stels tu mödiks ad numön.

"Vio jönik," äsagof jiel Sylvia hiflene oka David me vög nentonik, äsif ädredof, das vöds laodiko pespiköls ödämükonsla stili takedik. "Vero dredilik."

"Kanoböv seadön is ad logedön osi laidüpo," äbaicedom David. Dü tim brefik äseadons us seiliko ed ästunidons leglimöfi sus ons.

"Ekö!" äsagom süpo David, du äjonom stripi lita, kel ästuron jüi horit. "Stel dofalöl."

"O David, kanol dunön vipi anu," äsagof Sylvia, kel äflapilof kuradükölo fleni oka su jot. "Alna ven logoy steli dofalöl, kanoy dunön vipi."

David ätikom dü timül, täno äsagom, "Vipob, das logobös steli dofalöl votik." Töbo sekuns anik latikumo, strip telid lita äpubon in sil.

"O David, vip ola ejenöfikon."

"Si, si," äsagom David digidölo. "Kanob-li dunön vipi votik anu?"

"Ab klüliko," äsagof Sylvia. "Vipi kinik odunol-li atna."

"Vipob, das logobös steli dofalöl nog bali," ägespikom David nenzogo.

Sylvia äfronükof flomi. "O David, no vilol-li dunön vipi difik?"

"No," ägespikom, ed äjonom stripi kilid lita, kel änidon da stään fa stels pebeseidöl. "Ekö ya strip okömöl. Vipob, das logobös steli dofalöl nog bali. Ekö, ekö on. Vipob, das logobös steli dofalöl votik. Lülogolöd!"

"Ab David—" Töb e nesuem ikripons ini vög ofa. "Kisi dunol-li? Kisi sinifos-li bo atosi?"

Stels dofalöl primons ad pubön vifiko, bal pos votik. David ädönuom vipi oka ai plu; tü timül alik ätüvom stripi nulik lita silo. Älogedom löpio pö küpäl lemuik, pesludöl ad no nelogön igo steli dofalöl balik. "Vipob, das logobös steli dofalöl votik. Benö! Vipob, das logobös steli dofalöl votik. Gudö! Vipob, das logobös steli dofalöl votik..."

"O David," äsagof Sylvia du suemäl älitikon. "Kikodo mutol-li dobükön ai valikosi? Logolöd sili! Äbinon so jönik, ed anu..."

David töbo älilom ofi ed ästeifülom ad lönedükön ritmuti globöl stelas dofalöl, kels äpubons ed äfefilikons. "Vipob, das logobös steli dofalöl votik. Vipob, das logobös steli dofalöl votik..."

Suno sil ädakrudon me strips lita vietik äsif äbinon-la kanevad, kel pätatakon ko neif pödao. David äropom vipis lienetik oka ad kleilükön vifiko utosi, kelosi ädunom. "Vilob sevön, dü tim violunik kanoy fövön siti at. Logolöd! Vipob, das logobös steli dofalöl votik..."

"Nedunolöd osi, o David, begö!" älebegof Sylvia. "No sevol utosi, kelosi dunol. Kis obinos-li sek atosa? Kin sevon-li sekis pekodöl dub atos! Löfü God, o David, nedunolöd lieneti somik!" Ägleipof bradi oma. Ab David no äjinom dalilön ofi. Äbinos fikulik ad sevön, kis öjenos anu. Stomül stelas dofalöl äfalon anu sui ons, ed David ädönuom ai vipi oka: "Vipob, das logobös steli dofalöl votik..."

Sylvia äpedof namis oka ini puns ed äprimikof ad slokön. "O David, begö, stopö büä ojenon bos jeikik! Kin sevon dämi, keli kodol! Ba dasleitol-la stöfi lölik levala!"

"No spikolöd so fopiko, o löfan. No cedob, das dabinon riskäd. Te vilob sevön, violunüpo kanoy fövön vipijenöfükami at. Kisi ädunob-li? Ekö! Vipob, das logobös steli dofalöl votik."

Lölöfiko no pespetöl, sil neitik igeikon lü pub rigik oka. No äkanoy logön litastripi balik. Stels äsvietons ed änidülons äs büo.

"Stebedolös!" äsagom David. "Vip lätik oba no pegevon. Sötos binön stel dofalöl votik. Bos dobik dabinon is." Älogedom löpio, küpäliko skrutölo sili, ab nos imufon. Seil dibiköl äfomon pödaglun mimalik ta mel nenmufik nadasteigas nidülöl. Seil ävedon minuts, e jünu nos icenon.

"O David, äsagob osi ole," ästötof Sylvia vü sloks. "Godö! Kisi edunol-li? Kis speton-li obis anu?"

O lok, o lok...

"Sülö, bos fefik negideton is!" ävokädof jiiel Cindy saido laodiko ad koedön lilön matani. "Kömolöd! Xamolöd loki at. No kredob logis oba."

Hiel James äxänom levifiko tridemi jü banacem ad yufön. "Kis jenos-li?" äsäkom, nennatemiko.

"Elogob ini lok ebo anu, e sevol-li, kisi älogob? Fronis! Kanol-li fomälön osi ole? Moni liomödotik epelobs ad dalabön lokis lekaenavik at, kels jonons logodi kuratiko äsä viloy logön oni? Vilob, das xamoy dini at! O James, ed if no kanoy gudükumön oni, flagob gepeli. No kanob sufälön atosi."

"Leadolös obe logön oni, begö," äsagom. Äxamom magodi matana in lok ed äfronükom flomi. "Ekö bisarikos. Balido ätikob, das lok no gudiko äjäfidon, ed äjonon magodi jenöfik ola. Ab no. Jenöfo frons, kelis jonon, binons badikums ka frons jenöfik. Seko program jäfidon nog, ab no verätiko."

"Kanol-li kleilükön atosi obe?

James älemufükom kapi. "Ba jäfidatup seimik. U ba ekenüdranädoy ini sit it. Loks at dalabons vüyümädi radionik ko fabrikan ad getön menodotis äsi nätükami sunädiks. Ba kanayans ömik änüdranädoms ini sit. Okoedob nätükön oni, o löfäb! No kudolös dö atos. Glömolös fronis at, begö! No binons so nejöniks."

"Kanoböv glömön onis if no äkanob logön onis. Ed atos, no äbinon-li zeil obsik remölo lokis at patikün? No mutobs sufälön atosi, o James."

"Ojäfikob me säkäd at," äpromom ofi. "No kudolös, begö!"

52

⚌

James ätelefonom matane dü koledapaud. "O löfäb, etuvob defi tefü lok. No binon jäfidatupi; nek enüdranädon ini sit, e program jäfidon legudiko. Säkäd binon votikos."

"Kisi sagol-li obe, o James?

"Etuvob, das el Morning Beauty, sevabo kompenät, kel äfabrikon lokis patikün, peselon kompenäte votik, ele Cream Weaver. Kompenät at binon bal mätedanas in dustod jönamedas. Kanol-li suemön utosi, kel jenos, o löfäb?

"Vilol-li sagön, das geboy lokis at ad födön canis lönik äs, samo, fabrikoti lönik froniradöma? No kanoy dunön atosi, no-li?"

"Si! Jenöfo kanoy dunön osi. No plu pabligoy fa baläds seimik nemü el Morning Beauty.

"Seko, kisi odunobs-li anu? Omojedobs-li lokis, u no plu ologobs-li obis in ons? Din bal, keli fümo no odunob, obinon ad kevobön ko disin kompenäta e remön fladis mödik froniradöma."

"Ab frons, kelis logol, no binons vo jenöfiks. Pidob vemo osi, o löfäb, ab omutobs sufälön dini at."

"Niludob, das väl obas pemiedükon. Omutob mebön obi ai dönu, das frons at jenöfo no dabinons. Nespäl kion mona! Binosöv leigo lonöfik ad labön nog lokis büik obas."

"Gidetol vo," äsagom James. "Eremobs atis, seko kikodo no gebobs-li onis?"

⚌

Pos vigs ömik Cindy älogof ini lok ed äküpedof, das mal nonik fronas äreton, kelis jünu iplöpof ad nedemön. Ye logod ofa älogoton lepaelik. Ti äluvokädof matane utosi, kelos bo ijenos, sosus ädasevof oti.

Niludob, das kompenät deätik jönamedas et eselon eli Morning Beauty ebo anu dustode solabedas, ätikof. Too äkotenof, das frons oka äbinons mo, if no cütams teda.

Potakads sapa

"**K**isi dunol-li, o löfäb?" äsäkof matan obik äsä änükömof ini lotidöpacem pos dujet oka.

Älogedob lü of de püpit smalik oba, ed äsagob: "Penob potakadis obas. Eremob onis agödo, no memol-li osi?"

"Si, o löfäb! ab at binon te del telid obsik in Lägüptän. No neodobs ad vifön, no-li?"

"Klüliko no. Ab äcedob, das obinos gudikum ad potön onis suniküno, dat flens lomo ogetons potakadis büä lükömobs lomio, id obs. Neai sevoy vio nevifiko potanef binon is. E binos stupädik ad lükömön lü bür, tän süpo ad logön potakadi, keli isedob kevobanes oba tü del bü flit oba lomio bü vigs anik in paset. Potölo onis anu, ekö mög gudik, das potakads olükömons lomio bü obs..."

"Suemob cedi olik, o löfäb, ab tikob nog, das binos gudikum ad stebedön boso. In tef at, kisi openol-li su potakads? No nog evisitobs logöfotis, e piramidis töbo elogedobs. No igo esmeilobs nog lutemi, pläsif spetol-la ad pastopädön pö dakosäd legretik zänodü zif Kairo. No nog labobs magädis de Lägüptän ad konön flenes e röletanes obsik. No cedol-li, das obinos gudikum ad stebedön jüs elogobs saidi läna at büä penobs potakadis?"

"Benö," äsagob. "Ced ola binon verätik." Älöädob de püpit, nüsleifob potakadis ini saked oba ed äglömob dinädi fikulik mögik pos lüköm obik dönu in bür. Jenöfo no äbinos so veütik.

⌘

Plu ka vig bal ipasetikon. Divs vönik Lägüptäna istunükons obis; piramids, kels idulons du timäds mödik, e kels änänükons obis, menis fibik, kels äsenidobs ini ninäd otas lespadik fikuliko

54

gebovik; el Karnak mayedik, kela magots legretik, kölüms e boeliks ästeifülons ad rivön sili, müküköls obis lölöfiko; el Abu Sembel dalestümabik, kela magif lekanik rivom püni löpikün oka voik—hüm heroedik se ston peködöl.

Elükömöl dönu lü krudanaf obsik pos visit obas tema smalik, ab keinik ela Kom Ombo, ädujetob ed älogob matani obik, kel äjäfof me penam potakadas obsik, me potakads, kelis tio iglömob.

Süpo ämemob bespiki büik obas, ed änulälob, dö kis äpenof. Posmals gretik at, me foginäl pluik soga slamik, lio igefomons-li cedi ofa lifa, e pladi obsik in leval? Lio votafomoföv-li matan oba ini jain vödas magädis mödik, kels iboumons obis? Lio dunoföv-li naböfodönuami plakas süperiko liegikas, kelis ikumobs dü tim so brefik, dat utans, kels iblibons lomo, ökanons gleipön nüflapi lölöfik, kel tävadisin somik divafulik iflunon lifis obsik?

Ven ilogob, das ifinükof penami, äsäkob: "Dalob-li lülogön?" Änutof, seko äsumob kumi potakadas, ed ägüükob onis ad reidön vödis su bäk.

Sosus ilogob vödis "Glidis se Lägüptän" su kad alik, äsätenid-ükob obi in stul oba ed äfärmükob logis dü sekuns anik.

55

Memäl finik

Äs algödo, hiel David ätravärom süti ad remön delagasedi lä kiosk büä ävifom lü distrenavegastajon. Äsä äprimikos ad reinön, ätuvom bluvo, das iglömom reinajelömi oka.

Ädaluimikom ven fino ädoniorönom ve tridem lü distrenavegastajon ed ämaleditom oki, das äbinom so glömälik. Latikumo, pos minuts ömik, äseidom oki in tren ad reidön delagasedi okik, ab no äkanom tuvön lünäti oka. Lio äbinos-li mögik, das iglömom id oni?

Ädoseitom delagasedi oka ed älemufükom kapi. Äbinos bal delas, ven ti val äpölikon. Ästunologom da fenät äsä ävifikumon tren, ed ästeifülom ad tikön dö siikos.

Lükömöl lü bür, balan kevobanas äsäkom omi:

"O David! Elilol-li nulodis? Ereidol-li delagasedi?"

"No, no äkanob dunön osi. Eglömob lünti oba, äsi reinajelömi oba. E te logolös klotis oba."

"No binol soalan, kel sufom memasäkädis. Binos pandeim."

"Dö kis spikol-li?"

"Da län lölik mens eprimons ad glömön dinis. Balido te äfinikon me säkäds smalik, ab jünu mijenots ömik fefik ya ejenons, su levegs ed in lutapofs. Jino badikumos ai."

"Sülö, binos jeikik—dabinon-li plän tefü maged at?"

"No nog. Nek sevon violunüpiko atos odulos, ün tim kinik efe ofinos, ud if jenöfo ofinos föro."

David älemufükom kapi dönu. "No kanob kredön osi. Ba ofinikos-la me stür vola äsä sevobs oni. Lüodü fütür jeikik kinik vifobs-li?"

Dü minuts ömik David e kevobans oma päperons tiko, stunologöls föfio. Ädaseivom, das num gidöfik kevobanas inekömons.

"Kiöpo binons els Cindy, Maggie, e Jeff?" äsäkom. "No elükömons-li? Niludob, das eglömons ad kömön. Mutos tefön säkädi ot."

"Säkädi kinik-li?" äsäkom balan kevobanas omik.

Dü timül äblebom seilik, nulälölo kisi isagom. "No sevob osi," ägespikom fino netiko. "Emäniotob-li fe säkädi?"

Ünü tim brefik, valans äbinons len püpits ed ävobons ziliko äs ai. Nulod jeikik dö pandeim ya lölöfiko inepubon se mem onas.

Vif daga

Hiel Tommy ädoseitom gasedi oka, äflekom oki lü fat, kel äseadom fo televidöm, e kel äcenom kanädis distöfik spelölo ad tuvön bosi, kelos ökanon fanön nitedi omik. Tommy äsäkom: "O Fatül! Kimafiko binon-li vif daga?"

Fatül äfronükom flomi.

"Vif daga-li? No kanob fomälön oni. Kiöpo etuvol-li suemodi et?"

"Ebo anu ereidob yegedi dö vif lita, kel binon milmets 300.000 a sekun. Ab if dabinon vif lita, täno ga dabinon i vif daga."

"Benö, niludob, va atos labon siämi."

"Ed obinon-li nevifikum, u vifikum ka vif lita?"

"Mögos, das dag löliko no mufon; e kluo no dalabon vifi. Elogol-li föro dagi beispidöl äs leklär?"

"No, ab i neai elogob mufi lita."

"Niludob, das binos tu vifik ad palogön."

"Ab mögos, das dag mufon tu nevifiko ad palogön. Logs obas jinons binön rig säkäda. Lio sevobs-li, das utos, kelosi logobs, binon jenöfik, ven logs obas no getons magodi lölöfik? Logobs te utosi, kelosi logs obas sienons, seko lio kanobs-li rivön kludis fümik?"

"Prüdö, o Tommy! Golol go stediko ko kap foloveik ini jäfüd filosopik! Sienam tapladü nat verik jenöfa. Din vemo dibik, o Tommy."

Töbo ifinükom seti, ven lektinirop äkvänon televidömi ä litis valik. Tommy älilom Fatüli, kel äsagom: "Ekö! Niludob, das dag egaenon. Kikodo no fümetol-li vifi daga anu?"

Fatül klülabiko ituvom zigarülifilidöm, bi süpo flamil flamülöl älitükon cemi. Ab pos sekuns ömik flamil ya pikvänon.

"Pästö!" äprotestom Fatül. "Jinos, das lit no binon gaenan. Nu, no dalabob-li pokalampadi seimo u providi kandelas ad gebön üfü ditrets somik? Ab lio kanob-li tuvön onis in dag? No baicedol-li, das lit binon pötöfikum ad gebidön?"

"Klülos, das dag dalabon nämi mödikum tefü obs," ägespikom Tommy. "Dag kodon, das vedobs jafäbs nefrutik. In lit dunobs vali, keli desirobs, ab dag maston lölöfiko obis. Lit binon-la vifikum ka dag, ab lelölo, dag binon go nämikum ka lit. Lit fasilükon-la lifi obas, ab dag reigon, sosus pubon."

"Ekö teorod semik bisarik, keli efomälol, o Tommy! Primol ad jeikön obi. Föro ovedol fino züpan daga. Benö, spelabo okanoy suno gegivön obes lektinaflumi; dag at primikon ad närvodükön obi."

"Ba dag edareigon dinädis, e no oklemedon lo lit dönu. Mutobs lönedükön obis stade at. Jenöfo no dalabobs väli votik."

"No fopikolöd, o Tommy. No sötolöv binön somo fanäb magäla olik. Nu, kiöpo eseitob pokalampadi oba? Timüli, begö, ogekömob." Tommy älielom tifalön Fatüli in dag. Äjokom ta möbs, äblasfämom, äsagom luvödis mürölo. Dönu äsagom luvödis, e ven fino ituvom pokalampadi, ziöbedem galvanik ya pivoron. Poso Fatül äsukom kandelis ä lümätis, ab no äkanom tuvön onis.

"No memob, kö eseitob onis." Vöds äkömons se dag. "Omutobs te stebedön."

Tim äpasetikon. Tän Fatül äsagom: "Kis neleton-li omis so lunüpo? Kikodo no gegivoy-li obes lektinanämi dönu?"

"Dag reigon sus val," ägespikom Tommy medü vög "badälik" gudikün oka. "Näm lita epäridon!"

"No spikolöd nesiämi, o Tommy. Te badükumol dinädis. Ekö!" Süpo lektinanäm äjäfidon dönu, e lits ägevedons lifiks. "Fino!" äsagom Fatül. "Änätükoms vali! Ya esagob osi ole. Nu—kisi ädunobs-li büo?"

"Ba binos te büfik," äsagom Tommy. "Äbinos te gleipil—pled balid kriga jü dadeid. Dag te äblöfon nämi oka. Dalabobs fe liti dönu, ab dü tim liomödotik-li?"

"Bö, o Tommy, moükolöd tikamagotis somik nensiämik se kap ola! Lifobs in vol jenöfik—no in vol magälik se buk cogedik."

Fatül äkurbom televidömi, e Tommy äprimom dönu ad reidön gasedi.

Ab pos minuts ömik, ekö lektinirop nulik. Fatül äblasfämom, bi jonet televidöma iblägikon kobü ret cema, e Tommy äsagom: "Kuratiko äsä esagob osi ole! Lekomip te eprimon. Sötobsös buo fümön, das binobs bevü gaenanef. Dels lita binons nemödiks. Ba dag mufon nevifiko, ab no kanoy stöpön oni."

Fatül te ägrunom nestümiko, ed äsagom, das ömutoms stebedön dönu geikami lektinafluma.

"Lektinirop at jinon binön bos fefik," äläükom.

Tim äpasetikon. Dag lölöfik äzüon omis. Nos äjenon.

Pos timül, Fatül äsagom zuniko: "Nu, dü tim liolunik mutobs-li nog stebedön?"

"Fe no kanoy progedön vifikumo ka vif daga," äsagom Tommy nenkälöfiko.

"If kanoböv logön oli," äsagom Fatül, "flapoböv oli su kap! Benofädo pro ol, das dag reigon ebo anu."

Tommy äsmilom nelaodiko, bi Fatül äbinom so närvodik. Te seil äreigon in dag.

Nos äjenon du minuts nenfinik.

"Dabinon te din bal ad dunön," ämürom zedölo Fatül; stebedön geikami lektinafluma.

"If somikos ojenon föro," ägespikom levikodiko Tommy.

Ästebedoms laido...

Letüv nolavik labü nebuäds

Ädrinob kafi su tärat plödü kafibötöp, ven süpo älilob vauli laodik. Zilogedölo, änulälob, va bos nekösömik äjenon.

Man, kel äseadom nilü ob äsagom: "Binos hiel Harry dönu. Ha! Ekö om!"

Älogob dogis ömik, kels ärönons zü gul süta. Vaulölo, ärönons bei obs äsif lif onas äriskädikon. Pos sekuns ömik, äbinons ya mo, e noidi äkanobs no plu lilön.

"Jenöfo äbinom Harry," äsagom nilädan obik. "Ai lienetükom dogis valöpo."

"No suemob utosi, kelosi sagol," ämutob koefön.

"Harry plidom ad sperimäntön ko bludaväd, keli edatuvom," äkleilükom. "Binos letüv go veütik nolavik."

"Ö, ekö kikodo no äkanobs logön omi."

"Kuratiko. Ab dogs kanons smeilön omi; ab smeilölo mani, keli no kanons logön, lienetükos onis. Harry keliedabik ai mutom morönön ad savön lifi oka."

"Jeikö!" äsagob. "Veräto sötom steifülön ad meikön i bludavädi nesmelovik. Somikos omoükos säkädi oma."

Baisenäl lölöfik

Golölo mu nevifiko da legad, hiel Frederick ämurom biedäliko: "Tü del semik lögs oba odofälons obi, e no plu okanob juitön spatili oba aldeliki."

Estopom dü timüls ömik ed elemufükom kapi. Tik somik äliedükon omi, bi atos ösinifon, das no plu ölogom fleni bäldik oma, hiel Bruce, e somikos öbinon nebuäd gretik. Äjuitom telspikotis ko flen oma levemo. Dels no binonsöv sufäloviks nen ons.

Kälöfiko efövom spati oka, no nen fikuls. Älogedom föfio lü kopafomi, kel äseadon su bam. Äbinom-la-li bäldan Bruce? Ägolom vifikumo. Tefü bäldot oka äsi stad lögas oka, ämutoy prüdön lo notod somik.

Nilikölo, äkanom logön anu, das jenöfo äbinom Bruce it. I Bruce äkanom logön fleni oka, to logamafäg pemiedüköl oka, bi äprimom ad vinegön ed ävokedom: "Glidis, o Fred! Blesir kion ad logön oli dönu!"

Frederick äbinom nennatemik dub töbid, ed äbinom mu kotenik ad seidön oki su bam. Istebedom jüs äkanom natemön nomiko, ed äsagom: "Ven spatob aldeliko, binos klülik, das no plu binob yunan."

Bruce änutom sio. "No binol soelan, kel labol säkädis. Mutob koefön, das no kanob jäfikön me dins kaenik. Vo hetob büdömis alsotik fagoseatik kobü knopils onas. No kanob logön sümbolis su ons, e mutob ai nämükön tonodi. Daut obik blamof lilamafägi oba."

"Memob nog timi, kü ärönob dü düp bal aldeliko," äfövom Frederick. "Igo da rein, igo ven äkoldikos. Äbinob ga saunik! Esagob-li ole, das ün yunöf oba ävilob binön latletan? Ön mod at äspelob ad getön fami e moni mödik. Ab tikamagot somik no äpliton palis oba; ävilons, das ötuvob cali gudik."

"Gudö!" ägespikom Bruce. "Obo, memob televidömis e radionis büik. No älabons büdömis fagoseatik. Ämutoy lüvön kovenastuli ad pedön knopis gretik su parat it. Neai äbinos säkäd pro ob. Ab anu valikos dalabon büdömi fagoseatik. Anu dabinons dins nulik so mödiks. Nünöms. Telefons polovik. No kanob gebön onis. Buükob ad nelabön dinis somik."

"Fatül oba ävilom, das övedob bukädanolavan. Ekö cal gudik, äsagom. Oneodoy ai bukädanolavanis. No ätaom ta rönil, ab no äkanom dasumön rönili as karieri calik. No äbinon vob fefik, äsif no ökanoy kosidön as latletan. Pals obik äbinons boso smalaladäliks, ab äbitons somo ad frutid oba. Ävilons, das cal oba öbinon sefik ad kosididön famüli. Nu, ced siämöfik, no-li?"

Bruce änutom. "Telefons polovik et maleditik binons dins negudikün, kelis ai elogob. Daut obik äjonof obe okiki. Töbo äkanob logön knopis ota. Semikna loegob ofi klavön me on nen spikön u lilön. Binon-li somikos vo telefon-li? Ed ekö paratül votik ko kapakosädöms, keli posson obik polom ai. Lio nemoy-li oni? Eglömob. Mem oba no binon gudik. E lilamafäg oba! Esagob-li ole, das lilamafäg oba no binon leigo gudik äs büo?"

"Si," äsiom Frederick. "Nu no efe sagob, das bukädanolav no äbinon cal gudik. Vo no blamob palis obik, das esleifons obi lüodü cal at. Ägetob mesedi gudik, ed ai äkanob kosididön famüli obik. Ye ai ävilob rönön ä rönilön."

"Suemob oli gudiko. No kanoy stöpön progedi, ab neföro oloegol obi gebön bali polovikas telefonas. Buükob telefoni nomik, do mutob koefön, das semikna no gudiko älilob lüspikani oba. Balido äcedob, das telefon it no gudiko äjäfidon, ab poso äsagoy obe, das lilamafäg oba äbinon dumik. Ya esagob-li osi ole?"

Frederick ämeditom boso. "No, ab niludob, das bäldikobs, ol ed ob, ai plu."

Dü timül, küpäl ela Frederick äjäfikon me meibs delas moik. Äkanom lielön spikön eli Bruce in pödaglun nen lilön kuratiko utosi, kelosi äsagom. Sekömolo se drimäl oka, äsagom: "Anu tim ekömon ad mogolön, o Bruce."

"Id ob ogolob lomio, o Fred."

"So—jü odel! "

"Jü odel!"

Bofikans omas älöädoms, älemufükoms ode nami, ed ämogoloms.

"Telspikotis at juitob vemo," ätikom Frederick, äsä ämogolom. "Bäldan gudöfik Bruce, om ed ob, labobs lifayelis ot, ibo i baisenäli lölöfik. Binobs menäda ot, kel nepubon pianiko. Sötobs löfilön timülis at dulü ons. Ün del semik, balan obas obinobs mo, täno votikan obinom soelik: ün tim et omutoy bitön ma pötam gudikün."

Ab äsenälom, das Bruce no ai äkompenom lölöfiko ko telspikot. Ba äbinom-la boso neküpälik, ba lilamafäg oma no äbinon-la äs büo, igo ven neai imäniotom osi—u ya imäniotom-li osi?

Gegolölo lü klinig privatik, ätikom: "If lögs oba dälons osi, ogekömob odelo." Ya äbüologom telspikoti votik ko flen oka. "Nu, nem omik—kis binon-li? No veütos—omemob nemi sosus ologob omi dönu." Äbinom flen lätikün, keli älabom. Sötoms koboblibön. Baisenäl lölöfik somik äbinon maged nesuvik.

Man, kel no äkanom mufön

"Yufö! Binon-li ek nilo? Yufolös obi, begö!" "Stebedolös!" ävokob gespikü om. "Obinob suno lä ol. Kiöpo binol-li? Logob nosi. Binos go dagik is." Idagikos jenöfo süpo. Diabö! Kis äjenos li?

"Gode danö! Binol nilo, o flen. Neodob yufi ebo anu. Mutob skeapön büä obinos tu latik."

"Kiöpo kuratiko binol-li?" ädönuob. Dag äbinon so densitik, das no äkanob sevön kiöpao äkömon vög.

"No kanob mufön; binob te sekuns ömik mo de ol.

"Kisi sagol-li?"

"No nog elilol-li dö mijenot? Bos jeikik ejenon, e tim esufon dämi gretik. Timadileds, jino, eflogikons, e—"

"Eflogikons-li?" äsäkob nekredoviko. "Kis sinifon atosi?"

"No sevob. No binob timavan! Lindifos obe. Ekö ob bevü timadileds peflogüköl, e vilob skeapön."

Man at, äspikom-li fefiko? If no, lio okanob-li kleilükön dagi densitik, kel tegon vali anu? "Benö. Sagolös obe, begö, kisi mutob dunön."

"Te stäänikolös love tim, e tirolös obi se plad at."

"Stäänikön-li love tim?"

"Ekö! Binob te sekuns ömik mo. No yels, no tumyels, te sekuns ömik. Sekü atos, yufolös obi, begö—"

Ästäänikob ai, ab äsenidob nosi. No istäänikob love tim, ab votaflano plakug oba ko dins lovetimik äbinon boso miedik. E lio äkanob-li dunön atosi? Kikodo jäfikob-li me atos? Man at, äbinom-li lienetikan?

Pos seil, älilob vögi oma dönu. "Spikolös obe dönu, begö! Komol-li nog? Vifö! Bos jenos anu. Jinos, das dileds tima flogikons, vedons densitiks, pavotöfons ini dämikos. Vilob skeapön anu, mu vifiko, seko lebegob oli—"

Bi no äkanob tikön dö siämöfikos, etovülob jotis—jäst, keli nek oküpeton in dag lölöfik at.

"Sülö!" Tonod vöga süpo älöpikon, ömna fe hüsteriko. "Kredob, das kanob logön utosi, kelos jenon: timadileds vedons anu snals. If gidetob, peperobs. Binos tu latik, o flen. No steifülöd ad—"

Vög päropon zänodü set.

Seil dönu. Dag blibon. Tän elilob vögi dönu.

"Yufö! Binon-li ek nilo? Yufolös obi, begö!"

"Stebedolös!" ävokob gespikü om. "Obinob suno lä ol..."

Päst särenas

Visions äkleilikons. Hiel Jeremy ästopon ed ästeifülom ad säntretükön magodis, kels älunidilons fo magäl oma. Nu äkanom nedotabiko logön fomi koapa vomik, kel äsveamon su vat. Herem blonik ofa ätenon in flum. Äbinon magod ot, keli ilogom dü dels ömik anu, spatölo, äs kösömiko, ve melajol in soaralulit. Balido, magod äbinon tu fibik ad distidön patis ota, ab del alik ilofon magodi japikum, äsif stöb foga änelogädikon. Ab adelo magod äbinon saidiko kleilik ad voiko logön oni.

Iplakom visionis somik büo, ed äsevom, das äbinons nuneds, kels änunons ome riskädis u jenotis mimalik. Ed atos binosöv bügolan jenota dredabik in fütür sunokömöl. Ba odelo-li, ud igo udelo-li?

Älüodükom tikis dönu äl magod; ästeifülom ad logön patis mödikum. Äbinos-li ba vom penoyöl, kel suno öpubon su melajol? E koap ofa älogodon äs koap stifik, e no nenlifik. Si! Äbinos fümo fom vomik. Tikamagot äflapon omi. Ba magod särena neodik, kel piviodof seimo in mel, e kel anu äsvimof ko nämet lölik oka, spelölo ad pasavön. Atos ökleilükos logis maifik, kels älebegons yufi, äsi stadi koapa, kel töbo ämufon, ab kel ilabon nog lifi. Si! Ekö tuvedot vala.

Ünü spad delas ömik, sären neodik pöjedon sui melajol, ed öbinom blümik ad atos. Sötom fümön, das öbinom us tü timül kuratik et pö top kuratik ad lofön yufi mögikün ofe. Ba ösötom igo nunedön poldanefi, nunön jenoti okömöl. Votaflano tikamagot at no äbinon gudik. Neai büo äkredoy omi, ni poldans, ni votans. Gudiko äsevom, das valemo äcedoy, das äbinom vo man bäldik lienetik, kel lödom soelo, e kel vitom kontagi valik ko "vol jenöfik". Nendoto visions oma pömoükons dönu ko tovül jotas as cütids tikäla petomöl. "Gololös lomio, o Jeremy!"

ösagons. "Steifülolös ad balädikön ko lejenöf. Lüvolös domi suv-
ikumo, reidolös delagasedi, juitolös televidi. Siol e soelöf
dämükons oli. E steifülolös, begö! ad no drinön somödo. Kälolös
oli büä perol lölöfiko datiki."
Ipölom anikna, bepenölo ones visionis oka, ab no öpölom
dönu. Noe no äkredoy omi, ab äfümom, das id äkofoy omi kläno.
No ävilom gevön ones pöti nulik ad besmilön omi. Ed äklienom
ai plu ad siolön oki de vol "jenöfik", ad moikön de mens, ad vitön
delagasedis e televidi, äsi nesiämi valik somik. Äsludom ad
bejäfön oko säkädi at.
Ästudom magodi särena in ditret nog balna büä äfainikon. Poso
äspatom dönu, logölo stääni mela ä lefogis, kels äbeijutedons ta
sil ai dagikum; ädalilom luvokädis raudik mövas. Odelo ba
öbinon del. Öblümom.
Jeremy äfövom vegi oka.

⌗

Dred äfäkükon eli Jeremy. Edelo ilogom visioni finik voma, kel
äsveamof su vefs; herem lunik ofa ätenon in vat, logs ofa
älebegons keliedi. Ab atna id älogom, ko bluv gretik, das päzüof
fa böds, kels jiniko ästebedons timüli gudikün ad tatakön ofi. Kisi
äkanon-li sinifön? No äbinons vulturs in mel, kels ästebedons jüs
dead viktima. Ab böds äjinons mimaliks; ömiks onas id ikömons
nilü sären, bi äfaemons ba, u kodü lebadöf.
Tikamagot utosa, keli latikumo ötuvom su melajol ädremükos
omi. Büikumo ka kösömiko äspidom lü melajol ed ägolom lü top,
kiöp äsenom, das jenot dredabik ösävilupon.
Äbinos süpäd gretik ome, das melajol äbinon fulü mens; tü düp
at, melajol äbinon kösömiko vagik, pläamü spatan semik.
Ästepom vifikumo ed äküpedom, das pluamanum menas us
äbinons cils, kels ärönons valöpo e kels ävokädons laodiko,
dranöfiko. Kis äjenos-li? E cils, lio idatuvons-li, das bos öjenon
pö top at, tü timül at? E kisi ösinifos-li sären keliedik?
Äföfiogolom jüs irivom topi, kiöp cils valik äzirönons. Balidane,
keli äkolkömom, äsäkom: "Kis jenos-li? Kisi dunols-li is?"
Pul äsuilogedom, ed ägespikom: "Sumolös utosi, keli neodol.
Binos ga glatik. Logolös!" Äkipom löpo dökis plastätik tel,

äsmililom ed ämorönon. Jeremy no äkanom suemön, ed äfövom
vegi. Älogom pulis mödik ko döks plastätik, ed äsäkom oki sinifi
ota. Ästopom süpo, bi älogom pupi, kel äseaton su sab, herem e
klotem äbinons leluimiks, logs maifik älogetof sili. Ek ilüvon-li
pupi is? Äzilogedom ed ekö pups sümik mödikum; ömiks
äsveamons nog in vat, votiks äseatons su jol.

Zänedabäldotan smililölo änilikom lü om. "Soari gudik!"
äsagom. "Son u daut oliks, binons-li id is?"

Jeremy älemufükon kapi. "No labob cilis. Sagolös obe, begö! kis
jenos is?"

"Vilol-li sagön, das no sevol osi?" ägespikom man ko süpäd
klülabik. "No elilol nunis in radion, ud in televid?"

Jeremy älemufükom kapi nogna.

"No sevol-li dö mijenot? Dö nafs tel, kels ekobojokons? Naf bal
äperon dili fleda. Ninädians vemo pedämüköls äsadons, ed
äperons dili ninäda. Pledadins. Pato pups e döks plastätik. Mödot
gretik sveimons sui jol anu. Puls vifons isio; dabinons lemödoti
pledadinas tuvoviki. Puls mödikün sukons dökis plastätik, bi pups
pedämükons kodü vat. Te logolös joli. Binos äs päst!" Man
äsmilom, äsagom "adyö!" ed älaigolom.

Jeremy äzilogedom. Vero äbinons pups valöpo, mödadilo
penedemöls fa diviyagans, kels sio äbuükons dökis, kels
ilovelifädons tävi love mel nepedämkölis. Vefs äpolons sui jol
pupis e dökis mödikumis; fludot verik pledadinas. Ekö pup bal ti
len futs oma; logs pupa äjinons logetön ini logs omik.

"Ekö vision oba," ätikom. Koap vomik, stifik, leluimik; logs
maifik, ni menik, ni fun. Ye gudiko inäprätom visioni okik. No
ätefos säreni in ditret. Fled pupas päsveimon jolio. E böds, kels
äzüons säreni, jiniko ad tatakön ofi, äbinons jenöfo döks plastätik,
kels ikömons de naf ot. Äbinos gudikos, das no inunom visioni
okik poldanefe.

Äsludom ad gegolön lomio. Äkanom dunön nosi is. Fümo no
äneodoy yufi oma. Cils, kels ävokädons mödo ed äzirönons,
änenämükons omi levemo. Logs lemaifik onas äjinons kofön omi.

Su lomioveg ätikom: "Ba sötoböv logedön televidi fino. Ba
oyufon obi ad kleilükön visionis oba." Ab ebo anu äneodom drini
lalkoholerik ad glömön pülatimo seräni.

Bluf tima

"Söl Stephenson blümom ad kolkömön oli anu. Sökolös obi, begö." Jisekretan älüodükof ome smilili calöfik.

Hiel Oliver löädom ed äsökom jipuli ini bür ela Stephenson. Äbinos nekredovik! Sekü drän sunädik isludom ad kömön isio tü del bü rajan oka, e no te idasumoy osi; no igo ikoedoy stebedön omi plu ka minuts ömik. Äbinon-li bümal gönik?

Stephenson älüikom lü om ed ävüdom omi ad seadön.

"Deli gudik," äprimom. "Nem oba binon Oliver Wells. Vilob benüpenön nemi obik ad komön pö dugälaprogram pro tävans stimiälik da tim, keli lofon kompenät olik. Rajan obik äbinon jenöfo odel, ab esludob ad kömön büo. Spelob, das atos no etöpos oli."

Fümiko no!" ägespikom Stephenson. "Taädo. Äsä ba sevol osi, dabinons bespikäbs mödik ad komön pö dugälaprogram obsik tefü täv da tim, e välobs te studanis pötikün. Bespikäbs mutons blöfön, das dalabons blegäli, timasieni flegovik, äsi täleni ad bejäfön timimufis, kels ozesüdon täv somik. O flen obik! Bluf balid ola ebinon mu benosekik! Bi ekömol isio tü del bü dät perajanöl, eblöfol obe, das binol pösod, keli sukobs. Benovipob oli!"

Oliver äbinom kotenikün. Atos äbinos nekredovik. Tikamagot oma ad konfidön senäli oka ibinon legudik.

"Benö! Fredob vemo ad lilön atosi," äsagom.

"Step sököl binon bluf cifik," äfövom Stephenson.

"Gudö! Ven mutob-li komön pö on?" äsäkom ledesiriko.

"Ädelo," ägespikom Stephenson takediko.

"Ädelo-li?" ädönuom Oliver kofudiküno.

"Si, ädelo. Cedol-li, das okanol kömön ädelo?

Oliver älemufükom kapi oka. Senäl oma äsadon.

Stephenson ästäänükom ome namis oka. "Pidob osi levemo. Äsä esagob ole, te bespikäbs gudikün plöpons. Emisekol, ab steif ola äbinon vo gudikum ka ut pluamanumanas. Dalabol täleni, ab no nog täleni saidik. Mutol jäfikön nogna tefü timasien, äsi timilüäl olik. Fätoti läbik ole, o Söl Wells!"

"Danob oli, o Söl Stephenson."

Oliver älüvom büri ed ägegolom lomio däsperiko. "Maleditö!" ätikom. "Disini oba udunob-la gudikumo if ikömob-la büikumo. Ba pö naed okömöl... u ba pö naed epasetiköl-li?"

Fin

Hiel Jim ädopladom delagasedi oka, äloegölo beigolön bei om jimatani Janet lüodü kvisinöp. Äjutof smilili vamik lü himatan, kel inürölom oki in stul oka kovenik, ed ästopof, bi äsienof, das ävilom sagön bosi. "Ereidob yegedi vemo nitedik dö fütür sola. Binon jänälik. Ereidol-li oni?"

"No, o löfäb. Kis ga fütür blümükon-li sole?"

"Is sagoy, das sol opakon jüs ovedon stel legretik redik, mö gret mödiknaik oka. Büä orivon stadi at, planet obsik ohitikon levemo, e lif valik operikon. Fino planets ninik valik, ninädü talaglöp, poslugon fa sol."

"Vero-li?"

"Si, ab no spikobs dö fütür sunik in tef at. Dalabobs nog balionis yelas fo obs. Tikamagoti somik dö sol, kel odistukon valikosi, keli nulüdon anu, tuvob tikidavedükik. Binon tikamagot mu filosopik."

"Kisi vilol-li sagön?"

"Vö, sinifos, samo, das steifüls valik obas ad kipedön nati, ad jelön nimis patädöl äsi dasteifs obas ad lifön baitonü sit köologik pedeimons. Valikos muton semo padistukön. Seko, kikodo favobsös-li? Valikosi, kelosi dunobs, no labos zeili; dels menäta brefikons lindifü rivs obas.

"Kisi cedol-li, das sötobs dunön?"

"Ba no sötobs fäkikön dö val. Ba sötobs steifülön ad muadön obis e no favön tumödo dö nesiäm valik et."

"Vö, ba gidetol, o Jim" äsagof Janet pos tik anik. "Ma siäm filosopik. Ya pedeimobs, seko kikodo no muadobs-li obis e glömobs säkädis valik netefik obas? No favobsös dö nims fa

72

dadeadam patädöls, dö baiton köologik. Dunobsös utosi, kelosi pliton obis."

"Süpädob, das baicedol ko ob, o Janet. Kösömiko no plidon ole tikälamod nolavik koldik et, äs bepenol osi."

"Binos verätik, o Jim, ab in tef at leced olik binon täläktik. Mutob siön osi."

"Gudö! Sötol reidön yegedi at ven otuvol timi saidik. Töbid obläfon oli. Ö, o löfäb, tü düp kinik okoledobs-li?"

Janet äjutof lü om logedi viföfik. "Koled-li? Kikodo sötob-li kvisinön koledi?"

Pebluvüköl, älogetom lü matan; vöds ädefons ome. Pos timül anik seila, äplöpom ad sagön: "Ab kvisinol ai koledi, o löfäb oba."

"Ab te büä elärnob, das padeimobs, e das steifüls valik obsik no labons zeili. Ba sötobs ga muadön obis e glömön koledi e nesiämi somik et."

"Bö, o löfäb! No jinos obe tikamagot gudik ad no koledön; jenöfo ya faemob boso."

"O Jim, steifolös, begö, ad betikön dini. Menät podistukon, Talaglöp ponosükon, e kud soelik ola binon, das no ogetol koledi ola! No tikol-li, das faem olik binon pülik lo dins somik?"

Jim älogetom lü of; vöds ädefons ome. Pos seil nekovenik äplöpom ad sagön: "Cogol, no-li?"

Janet no ägeükof.

"Glömolös, begö, valikosi, kelosi esagob," äfövom Jim, vög hikela päzüon fa däsper levemik. "Valikosi!"

"Kobü utos ad no plu lifön baitonü nat-li? Dö duns köologik-li? Kiped lifa sovadik-li? Jel bidas patädöl-li?"

"Glömolös valikosi, o löfäb! valikosi, pläamü utos, kel tefos koledi."

Janet älemufüköf kapi oka. "Mans!" ävokädof ed ägolof lü kvisinöp, sagölo: "Mögos, das koled obinon ebo latikum, ka kösömiko. Ab no favolös. Talaglöp no efinon. Nemuiko no nog, do jinos, das ün del seimik, mö yels balions de nu, Talaglöp po—"

"Begö, no mäniotolös dini et plu, o löfäb!" äsagom Jim.

"No ga odunob osi," äsagof. "Benö, oprimikob ad kvisinön koledi."

"Gudö!" äsagom Jim. "Legudö!" Däsper ilüvon vögi omik, spel ipubon dönu. Delagased pimojedon sui glun, nedinitik de loged viföfik votik.

Nelogäd

Äbinos poszedel zädela patedik, ed äs ai, hiel George igolom ad päskarön ed äjuitom stili äsi pöti ad leadön glibön libiko tikodis oka, buikumo ka ad frutidön pöti at ad fanön fitis ömik. Ye, tü del at patik, stil süpo pätroivon fa vög, kel jiniko ikömon neseimao: "Deli gudik ole. Kanol-li lilön obi?"

George ägelogedom, ab älogom neki.

"Si, kanob lilön oli, ab no logob oli," äsagom. "Kiöpo binol-li?"

"Stanob stedo po ol. No kanol logön obi, bi jäfob me sperimänt tefü nelogäd. Jiniko val plöpon."

"Verato-li? Nu, atos jinos nitedik obe. Ab kikodo esludol-li ad spikön obe? Lilölo vögi olik dobükon vobedi nelogäda olik. Seilolös, ed täno obinol vo nelogädik."

"Gidetol ba in tef at, ab anu te binon sperimänt. Ye binos gudik ad getön mobis ola."

"Suemob, ab no kanobs bespikön sperimänti olik anu. Spikam obsik odredükon fitis."

Man nelogädik äsäkom säkis mödikum, ab vano, bi George äcedidom ad no plu lilön omi, ed äspelom, das ömogolom. Klülabiko no ävilom mogolön, e, dub flapil sui jot, ästeifülom ad fanön küpäli ela George. Ab ebo ün timül at, George ämufom boso.

Nu man nelogädik äperom leigaveti oka su yeb slilöfik ed äblunikom, ko kap foloveik, ini vat. "Anu fits fümiko osukons vatis takedikum," äcedom George. Äbinom vutik.

"Yufolös obi!" ävokädom man. U no äkanom svimön, u vat koldik äfikulükon ome sveami laidik ad fino grämön sui jol flumeda.

"No kanob logön oli," ägespikom verato George, igo if vat skutöl äjonon ome nendoto kiöpo äbinom man.

75

"Ab kanol lilön obi, no-li?" ävokädom man nelogädik däsperiko.

"Dobükol vobedi dönu," ägespikom George.

"Anu no pötos ad cogön," äviom man. "Noyob!"

"Stebedolös!" ävokädom George. "Oyufob oli." Nendoto fits ya imosvimons. Ab liedo no äkanom logön kiöpo äbinom man. Äbinon muf nonik in vat—mal teik bliböpa mana.

"Kiöpo binol-li?" äsäkom George. Gespik nonik. Pipolom-li man fa flum, ud iyilom-li vate mu koldike? Ud isökom-li-la konsäli omik ad seilön? Nelogäd labon nebuädis oka.

George äseidom oki dönu. Taked igekömon. Ba fits i gekömonsöv. Val atosa—vo ijenon-li? Älemufükom kapi. Kisi dunoy-li anu? Telefonoy-li poldabüre ad nunön, das man nelogädik ba enoyom-la is? Vio kanoyöv-li tuvön omi? Ägelogedom dönu ed älemufükom jotis.

Ägesumom fitalefadi oka dönu ed äsludom, das öbinos gudikum ad glömön jenoti lölik. Kludo no sagoy-li: "Nelogovik, nemebabik"?

Nelogädükam

"Söl O'Keefe-li? Labol-li timüli libik?" Timothy O'Keefe älogedom da fenät miotik, ed elogom, das man, kel änokom ta yan binom poldan. Mal negudik. Äsevom, das äkanom dunön te dini bal. Seko maifükom yani, e sagom: "Deli gudik, o söl! Nükömolös, begö! Kanob-li yufön oli?"

Äsä poldan änükömom, Timothy ebüdom dogi oka ad seatön. "Seilolöd, o Käsar!" äsagom nämäto. Sötom lärnön ad bemastikön nimi.

Logs poldana äxamons lödavabi e dogi, äsi dalabotis nemödik oma. Kisi äsukom-li?

"Dalob-li säkön ole säkis ömik?"

"Säkäd nonik, o söl!

"Ek evisiton-li oli is ädelo? Bo vom yunik-li?"

"Si," äsagom Timothy. "Jisogädan ekömof isio ad bespikön säkädi."

"Sagolös obe bosi in tef at, begö!"

"Esagof obe, das plons pigetons dö ob. Ömikans is no kanons zepön lifamodi oba. Lifädob lifi balugik is in lödavab oba, fagü ret menefa. El Käsar binon kompenan soalik oba. Kanoy ba sagön, das binob härmit semik. Flagedob neke nosi, kudob dö kuds lönik, e dasumob utosi, kelosi nat lofon obe. Ab pösods anik lecedons, das nat leduton lü ons, e ven dasumob bali legivotas nata, lesagons, das etifob bosi, kel jenöfo ledutons lü ons. Kanoy ba nemön osi konfliti tikädöpas."

"Si, o Söl O'Keefe. Sevob repüti ola. Jisogädan ed ol, erivolsli baicedi komunik?"

"Ekö mod bal ad notodön osi. Dinäd ya peleodon. No spetob säkädis votik."

77

"Kis ejenos-li pos spikot olas? Vomül Sanchez, esagof-li, ud edunof-li patikosi bü motäv oka?"

Timothy älemufükom kapi. El Käsar älöädon ed äprimom ad bruvön zü buts poldana. Timothy äläkom lipis, sagölo: "Spikam valik at soafükon obi. Vilol-li drinön bosi? Pidabiko kanob lofön ole te vati. E bosi ad fidön-li?"

Dasukom da bal ramaras büfik, tuvom väris tel, lufladi vata, äsi bovedili; su bovedil binons diledis nulüdotas. Poldan slürfom vati ömik, ab fidom nosi. Nendoto no ävilom sumätükön oki fidotakaliete (u defe ota) pelöföle.

"Lädül Sanchez jenöfo no egekömof lomio sis ädel," poldan fino äsagom. "Anu bevüsagobs alani, keli ikolkömof ädelo ad ba tuvön jonilis. Ol binol balan menas lätik, kel elogon ofi. If sevol bosi, kel kanon yufön obis, vilob dalilön osi. No zogolös, begö! ad nunön obe dini alseimik, keli ba omemol latikumo. Neodobs yufoti seimik in tef at."

"Suemob osi," äsagom Timothy, "ab liedo no kanob yufön oli."

"Benö, mutob mogolön anu; danob oli demü küpäl olik."

Poldan älogedom lü lödadom dönu, äsif ökanom süpo tuvön funi lädüla Sanchez näitiko pepäköli selogädo in bal ramaras. Tän äbinom mo, ed ägolom lü tood. Poso Timothy ijedom reti nulüdota sui glun, kö el Käsar elufidon oni vifiko.

I Timothy edrinom väri vata poldana, lemufükölo kapi. Poldans, no sötoms-li tuvön jonilis, e mögädo tuvön pösodis, kels inelogädikons? Jiniko no äbinoms duinafägiks. Poldan no igo isevädom diledis mita, rets retöl lädüla Sanchez, kels ibinons ebo anu fo om.

Läbiko el Käsar ikondöton äs dog lobedik. Atos no äbinos so dinädü visit lädüla Sanchez isio. Äbespikobs kobo säkädi tefik, e poso lädül igolof lü dog ad löfülön oni; ab el Käsar imisuemon atosi. Dog faemik ä zuniälik ibeiton dibiko ini lög ofik büä Timothy äkanom vükömön ad stöpön vali. Äluvokädof laodiko. Timothy istöpom noidi, kel ükanon pläo blinön yufi penedesiröl. El Käsar ed om izepons utosi, kelosi nat ilofon, e nat äbinon saidiko giviälik ad lofön ones lädül Sanchez. No ifidons miti sis tim lunik. Äbinos fe bos penespetöl, pla garids e fluks distöfiks, kelis ätuvom—ud "ätifom". Mödot ziba, keli dog faemik kanon

lufidön, istunükos omi. Ijedom retodis doges votik, kels äzigolons
ai. Timothy mu kälöfiko imoükom retis valik, kelis ökanoy
dientifön. Ifidom dilodi oka, ab no idakipom tumödikosi—nen
gladaramar atos öbinos nefrutik. Ab poldan imogolom nen
smeikön fidi nesuvik.

Äkotenikom, das no verato ilugom poldane. Dido idunom
baiädükami semik ko jisogädan, säkäd pileodükon, e no
ödabinons säkäds mödikum. Zuo lölöfiko no äkanom yufön—
vöds kuratik oma.

E poldan no sötom plonön. Mans et äbinoms nemüdiks, e no
fasiliko dicetoviks. Odasuemom-li föro läbi gudik oka?

Els "Murphy's Blues"

Sosus hiel Cliff ililom melodi plitülik, ästopom sunädo. Äzülogom züo ed älogom sunädo foni tona. Boso flanü nam detik oma, vom blägik äseadof in leyal, äpledof gitari ed äkanitof kaniti, kel igleipon, ebo anu, küpäli oma. Äjinos, das äbinom soalan ad küpälön ofi. Pluamanum remanas, kel äspidon bei of, äküpedon töbo plöseni legudik ofa, e nek ätikädon ad givön ofe monemi.

Cliff ägolom nevifiko nilikumo lü of, ed ästeifülom ad suemön vödis, kelis äkanitof. Ta noid menamödota in süt labü selidöps, bötidöps e staudöps, äbinos saidiko fikulik ad säntretükön tikäli, ab äplöpom ad dalilön lienis anik. Jiniko kanit ätefon dinis alsotik badik, kels ökanons jenön dü lif menas, e kels suvo fe äjenos. Vödis "Murphy's Blues" äliloy pö gekanit alik, seko Cliff ibüocedom, das at äbinon tiäd kanita.

Pos gitaripled ömik nevifik e vimik, kanit äfinon, e vom älülogof omi. Äsmililom lü of, e, nen sevön kikodo, äsukom in pok ed äjedom dolaris anik ini bok futü vom. Ädanof omi, ädoniologof ed äprimof ad kanitön dönu. Cliff äprimikom ad mogolön, ab plao äsludom ad seidön oki su tärat bötidöpa Litaliyänik love süt. Ävilom takädön bosilo, e de top buik et, äkanom nog lielön kanitön vomi.

Äbonedom eli *cappuccino* ed äslürfom oni, du älülielom pledön ä kanitön vomi. Pos kanit votik e gitaripled pluik, Cliff äprimikom ad lüvön bötidöpi, ed äpenetom, das iprimof ad kanitön elis "Murphy's Blues" dönu. Äsludom ad zögön dü minuts nog aniks. Ab zänodü kanit, dins ömik bisarik äjenons.

Dog äträväron süti, ed ägolon vü lögs lädüla yunik. Lädül äperof leigaveti, ädoniofalof, äleadof falön sakedi oka, e cans valik, kelis iremof, äspilons ini süt. Tood beivaböl ätroivon onis.

Hisaikulan, kel ilogom mijenoti, no iküpedom grupi jipulas, kels ebo anu iremofs gladetis, ed ikobojoikom ofis. Ilerorofs, ed iplöpofs ad morönön ebo ko tim ad spälön, ab iperofs gladetis valik.

Vütimo man votik, kel ästeifülom ad yufön lädüli ad gestanön, äsleitom nendesino yäki ofik; kodü atos äbinof lafanüdik. Man seimik, kel äbinom su tärat nilü Cliff äsumom levifiko magodemakämi oka ad registarön jäni bisarik at mijenotas, ab spidölo istürom biraväreti oka, kela flumot ispilon love kiens jiflena. Äsäkusadom oki, äprimom ad klinükön mioti, ab käm äfalon sui glun, e bötan, kel äbeigolom, ätifalom, äperom leigaveti äsi bötömi fulü drineds.

Cliff töbo äkredom jenotis fo logs oka. Lio ämögos-li, das mijenots so mödiks äkanons-li jenön ünü sekuns anik? Äbinos magälik, äs süfül se biomagodem ela Hollywood. Äfidrinom eli *cappuccino* ed älüvom tärati. Äfredom, das nos ijenon oke it. Ätravärom süti, ed äküpedom, das i vom blägik ilöädof ed äprimikof, id of, ad lüvön. Äjutof lü om smilili, ed älülogof omi äsif äspetof, das ösagom bosi.

"Elogol-li valikosi?" äsäkom Cliff.

"Lesi!" äsagof. "Äbinos dil veütik süfa obik. Ekö els 'Murphy's Blues' äs sötons paplösenön."

Cliff äsmililom. "Ol it edunol-li osi? Vero-li? Ekö süf stunüköl. Fredob nemuiko, das nos ejenon obe. Danob oli, das ob no äbinob dil süfa olik."

"Danolös oli it in tef at," äsagof vom, jiniko mu fefiko. "Ol egivol obe monemi. Ed äbinol soalan ad dunön somikosi. Leval peneton dinis somik, no sevol-li osi?"

Bluviko, älülogom ofi stedo. Kisi fe äsagof-li?

"No dabinon sek nen kod," äkleilükof ome. "Dins valik jenons sekü kod. Leigavet valikosa binon nendöfik, e fäd no dabinon."

Äsludom ad baicedön ko of. "Ebo anu esagol, das val äbinon dil süfa olik, no-li? U ba leval it i binon dil süfa olik-li?"

Äjutof lü om smilili vamikün jünu, ed äsagof: "Fredob, das eprimol ad logön magodi lölik. Benö! Mutob mogolön anu. Anu osukob pladi votik ad pledön gitari obik kö mens modikum ba ovilons dilodön kädi anik onas, keli egaenons sekü vob mödik.

81

Adyö, o flen obik. Prüdolös, e memolös utosi valik, begö, kelosi ebo anu elärnol." Vom ädeflekof oki, ed ämogolof.

I Cliff äfövom vegi oka. "Ba sötob daoptön nomi ad givön moni ömik sütamusiganes, kels pledons gudiko—fe sekü kod et, e no ad vitön lezuni ela Murphy. Nendoto vom äcogof—nemuiko äspelom osi.

Lif reklamedadogas

Hiel William iloegom oni jenön, fo om it. Ädrinom biri pö bal bötöpas ve spataveg melik. Äjuitom vakeni omik; fümiko no äspetom ad logön jenoti so kruäliki.

Spataveg äbinon fulü spatans; cils, kels äfidons gladetis, kels äpledons ed ävokädons lelaodiko. Äkanom logön manis e vomis saido mödikis, kels ädugons dogis len jain; dogs mödikün äpolons reklamedis su kops okas. Pläd onas päkölon fomü maleds u nuns tedik—vemo pöpedik tü tim at. Äcedoy, das äbinos "mon fasilik", e mens mödik äkanons gaenätön mesedili zuik frutik dub atos.

Flanü nedetik oma äkömom man ko jipadog Deutänik; kop ona muskulik pädekon me maled lunidik: TALK2ME, sevabo: kompain pöpedikün telenunamik. Flanü detik oma äkömof vom zänoda-bäldik ko pudel smalik, kel pädekon me reklamed redülik demü: BITEWISE, juegot vemo pöpedik, e boso sienivotüköl.

Äbinos-li bo redül nidik, kel ilietükon jipadogi? U pudel, iletodon-li semo nimi votik todik? Äbinos neluveratik. U äbinos-li te sam dö "dog nepötik in top nepötik"?

Demü kod seimik, sosus jipadog ilogon pudeli, ijedon oki sui on, äsif ävilon sleitön nimili pöfik . Pudel äbinon nenyufik ta most at nen jain, e dalaban jipadoga äkanom takedükön oni te pos tim anik. Pudel isufon vunis te neveütikis, ab reklamed redülik, kel ba äbinon kod vuta jipadoga, lölöfiko pisleiton.

Vom äprimof ad drenön, e bevü spams ofa, iplöpof ad sagön: "Suemol-li utosi, kelosi most ola edunon? Anu, noe omutob dugön löfäbi oba lü nimisanan, abi omutob kleilükön kompaine BITEWISE, das dü tim anik no okanob spatükön dogili oba dü nemuiko düps lul aldeliko bevü mens mödik, ko reklamed kliliko logädik. Edispenob balädi! Anu no okanob fölön oni, e zuo, *ol* döbol. Ospetoy, das pelobös monipönodi, ab no kanob osi. Opelol-li, ol it, oni?"

Ab dalaban jipadoga ägesagom zuniko ofe: "Sötol sevön, das din somik kanon jenön; sekü atos sötol labön suri tefik. Atosi ya edunob, bi no ävilob riskädükön somikosi, igo üf nepluükos gaenodis oba. Liedo no kanob yufön oli; no binob suran olik." "Lio kanol-li binön so nekeliedik? No dalabol-li ladäli?

Man älemufükon kapi omik, e büä äfövom spati ko jipadog oma, äsagom: "Mutob mogolön anu. No mutob perön timi tu mödiki is, bi id ob edispenob balädi. Mutob spatükön dogi oba ve melajol dü düps kil göda, e dü düps nog kil poszedelo. Mutob fölön, id ob, balädi oba. Getob moni saidik dub atos. Binob pänsionan, e fümiko kanob gebön moni zuik at, kredolös obi!"

So vom soalik at ämutof steifülön ad trodön pudelili oka. "Omutob visitön nimisanani mögiküno suno," äsagof. "E poso osteifülob ad nululön reklamedi. Fovo omutob pelön monipönodi. Fümiko operob moni mödik. Del jeikik kion!"

Lülogans ämogolons, e vom, ko dogil ofa, ilüvof "topi mijenota." Pos minuts anik, val äbinon äs büo.

Ab William äsuilogedom, ed äloegom kömön palis yunik ko cilaluvabil. Len flans bofik äkanoy logön reklamedis tefü kompains, kels selons nulüdotis pro cilils, äsi tuülis.

Edispenons-li balädi seimik? Dü düps liomödotik ämutons-li joikön luvabili ve melajol, ud in lemakets? William äspelom, das pals äbinons sagatiks, e das isurons cilis ta maläd u ta bäldikam okömöl, bi sek atosa ökanon kodön reklamanis ad flagön monipönodis, no-li?

Del pötöfikün ad spatön

"Vilol-li bovüli tieda nog bali?" Jiel Patricia älogedof stedo lü mot. Äfronükof flomi; namis tenidiko äpedof kobo.

Lafaslipilöl, lafagaliköl, jibäldikan älogetof ofi, loget nennotodik, loget nesuemovik. Äseilof ai, te äkobiopedof ömna logalipis.

"Vilol-li bovüli tieda nog bali?" ädönuof Patricia.

Anu bosil suema äjinon pianiko pubön in logs bäldik, blövagedik.

Fino: "O Patricia, o löfäb," äsagof mot me vögaton raudik, kvagik, äsif no ispikof sis yels mödik, ed äbelifof fikulis gretik ömik ad jäfidükön oni dönu. "Esagol-li tiedi? Ö—no sevob dö atos, si, odrinob tiedi ömik." Ästeifülof ad seadön löikumo su bradastul, e posä ibetikof timülo dini, äsagof: "Votaflano, ba no. Danö, o löfäb!" Äflekof kapi, älogof da fenät äsif ästudof dinis us me senträtükäl gretik, täno äläükof: "Buükob ad spatön in gad; adel binos pötöfikün ad spatön, o löfäb! Te logolös plödio."

Patricia äseifof givülölo ed äyufof moti ad sekömön se bradastul kovenik, in kel älifädof timi muik ofa. "Oplöpob soeliko, nenyufo," äprotestof vom bäldik. "Jinos, das adelo stadob gudiko. E fümob, das spatil ogudükon sauni obik."

"Prüdö!" äsagof Patricia äsä mot älüvof domi, e nevifiko älugolof föfio donü gadavegil ko fümet nemisevabik. Äläükof: "Takädolös sosus ofenikol, e no blibolös plödo tulunüpo."

"Val ogudon," mot älesiof ofi. "No favolös!"

Patricia älielof nükömön ini cem matani. "O Geoff, egolof plödio dönu. Spelob, das val obinon gudik pro of." Geoff äkömom lü of e löföfiko äbradom jotis ofa. Äläükof: "Esagof dönu, das del binon pötöfikün ad spatön in gad." Vög ofa äbinon däsperiälik.

85

Geoff älemufükom kapi. "Ab sevobs dö saunastad ofa."
Ästutof len koap nämik ela Geoff ed äfärmükof logis dü sekuns
ömik. "Niludob, das omutobs stebedön gekömi ofik. No kanobs
dunön mödikumosi." Dü yels anik pasetik, mot ofik ivedof
böladikum. Ivätälons mögi lasilöpa pro bäldikans, ab lemesed
onas no äbinon saidik ad atos, i mot no äplidof atosi. ("Nek
osemofon obi se dom oba!") E plüo bi son onas äbinon nen vob
e daut ästudof nog pö niver; seko ämutoy betikön flani finenik. Ab
saunastad badikumöl mota no äfasilükon lifi onas. Te äkanons
spelön, das lif no övedon tu fikulik lä of ün yels okömöl.
Fino mot nevifiko ägekömof; logod ofa äbinon fulü läb.
Älogedof lü daut e lüson, äsmililof fredo, ed äsagof: "Lestunabik!
Vero dafredükob!" Ädonükof oki ini bradastul kovenik oka
nevifiko, ägeklienof e kälöfiko ätenükof lögis oka. "Bleds, kels
noidülons kodü vien," äsagof drimäliko, "böds, kels tyilpons,
solalit, kel nüdranon vü bledem, noid cilas, kels pledons e kels
lanäliko lobülavokädons nilo; sek atosa binon niläd *püdik*. Val
gevon obe blesiri so mödiki. E bofikans olas, kikodo no spatols-
li? Binos del mu pötöfik ad atos." Änatemof ai nevifikumo, kel
äsinifos, das äprimikof ad slipülön dönu.
Patricia e Geoff älülogons odi; poso älülogons lü top gedik zü
kel ilogedons, ebo anu, vomi bäldik, kel äluspatof ko fikul gretik.
Äbinons ni flors, ni bims sis plu ka yels deg. Igo yeb ifainikon ed
iyilidon kodü miot, sab e gagotem, köls kelas äbaiädons bai sil ai
glumidik. Semanaedo flitöms militik äloveflitons; lenoid otas
ätroivons seili ed ästörülons domis su stababumäds. Seki
miotükama lardik, sturotadelodöpis venenöfik e katastrofis anik
gretik züamöpa äsi zifanakrigi e gebi stäänik säbledemamedas e
distöfikas vafas kiemik e bakteravikas lölöfiko ineküpedof mot
ofa.
"Böds," ämürom Geoff. "Cils pledöl. Solalit."
"Sevol, das lifof ün paset," äsagof Patricia. "Logof valikosi äsä
äbinon ün dels gudik pasetik. Dubo kanof lifön nen lienetikön."
"Niludob, das gidetol," äsagom Geoff. "E säkob obi: kis
osavos-li *obis* de lienet?"

Natem lätikün

"If sperimänt at plöponöv," äkleilükom Dokan Williams, "sek ota olevolutükon suemodi obas tima, suem obas nata it levala, e roul obas us. Oföfiomüfobs jenavi. Sötob-li fövön?"

Yufans te änutoms. Dokan Williams äpedom fimiko nünömaklavi tefik, ed äsätenidükom oki.

"Ekö!" äsagom. "Vobedis sperimänta osenobs bo ünü timüls ömik."

"Kisi jenöfo koslogol-li?" äsäkom yufan cifik oma.

"No nog kanob sevön osi," ägespikom Dokan Williams sufädiko. "Äsä sevols, votöfobs anu nati tima. Vifükumobs timi it dub cöp dilila minuta valik, if odalols obe kleilükön osi nenolaviko. Tim pasetikon anu me dils dekötöl, kels brefikumons ai plu. Sek ota obinon jänälik pro obs. Lio obelifobs-li vobedi somik?"

Valikans ästebedons dü timüls ömik, ab nos jiniko äjenon. Fino Dokan Williams äbreikon seili, sagöl: "Ceini, keli enüdugobs ini timastöf gaenon anu joikanämi. Suno o—"

Yufans älogedons viföfiko lü om. Kikodo Dokan Williams no ifinükom-li fraseodi lätikün? Äbinos vo nekösömik lä om. Balan omas äsäkom: "O Dokan Williams, mögos-li bo, das no belifobs sekis kodü—"

"Cedob, das primobs, ebo anu, ad belifön seki sperimänta at pro—"

Timadils brefikons ai plu. Omutobs gebön brefikis—"

"Si, sets brefik. Ed igo anu jinos, das—"

"Kosäd nomik suno obinon—"

"Noe spik, abi natem binon—"

"Natemobs vo ko fikul gretik—"

"Pos timüls ömik, kanos jenön, das—"

"No kanoy-li stöpön—?"
"Tim no dabinon ad—"
"Töbo kanobs—"
"Natemobs—"
"No kanobs—"
"Dabinon—"
"Obs—"
"Ob—"
Seil.

Nüdran dagik

Hiel Timothy ätovedom oki se stul kovenik oka e kälöfiko äzülogedom zü cem. Bluvo äküpetom, das äbinos nog lölöfiko dagik. Sis dels ömik äbinos soiko ed ätuvom dini at saidiko töbiki.

Älemufükom kapi ed ätikom: "Dag nen dot semik föfio kömon ai plu ini cem oba."

Ätikädom balido, va sötom vokedön dauti oka ad jonön ofe stadi anuik, ab äsludom ad no dunön somikosi. Ai dönu isagof ome, das sötom binön danöfik, das äkanom lödön is su tead telid doma at bu naütön in lasilöp seimik. No plu äkanom lödön soaliko, e pötü dead matana bü yels ömik, pöt at pilofon ome, keli izepom mu vilöfo.

Ab äbinom danöfik ad labön röletanis, kels älekälons omi, ab kels no ösufälons "plonis stupädik" oma tefü "säks, kels jenöfo no ädabinons".

Seko, sosus iküpedom nüdrani daga ini cem oka, ivälom ad no mäniotön osi daute. Äniludom, das ökanof blamön u vidikani defik, u magäli bisarik oma ad spearükön tikamagoti somik nesiämik.

Ed igo äfümom, das fädo ituvom bosi fefik, tädik. Sis tim küpeda oka, das cem ävedon ai dagikum, ipenetom progedi mageda ot.

Balido ästeifülom ad komipön ta on dub nikurb litas büikumo ka tü tim kösömik. Bi änikurbom litis plu ka balna, daut oma no äbinof kotenik kodü "nespäl" lektina—äbinons lektinakalots ad pelön, kels äbinons ya saidiko jeriks.

Ägegolom lü stul oka in banacem, ab no büä ikontrolom stadi anuik. Si, dis bed e pato in guls, dag äkumon—dot nonik in tef at.

89

E tops et, äbinons-li ponadaemods nüdrana tädik, kel ömoükon liti valik-li? E lio äkanom-li tadunön nüdrani ai progredöli somik? "Mutob betikön osi," äsagom oke, ed äseidom oki dönu. Ägalikom brefüpo poso. "Eslipilob," ädasuemom. Älogedom vifiko da fenät, ed äküpedom, das sil ävedon dagikum. Älülogedom rietalinaglokili oka ed älemufükom kapi. "Binos tu gölik ad neitikön," ätikom. "Bos binon dobik is."

Cem äbinon tu, tu dagik timü at dela. "Mutob nikurbön litis büä val badikon tu mödo," äsludom. Älöädom se stul ed äpedom litakurbidömi, ab vano.

Ästeifülom dönu, ab dönu vano.

"Binos bo säkäd kaenik," ätikom, steifülöl ai dönu ad leodükön tudredäli, kel äglofon vifiko ninü om. "Oplaädob onu glutapiri et." Glutapiris ömik resärfik ai ädalabom üfü ditret.

Pos timüls ömik, isteifülom ad litükön cemi dönu, ab vano.

"Emutob sevön," ädasuemom, das plaädöl glutapiri no saidonöv. Glutapir no äbinon defik. At fümiko tefon votikosi. Nämans daga eprimons tatakalebiti finik. Nüdranons äs taid nestopovik, ed obemastons fino valikosi. Suno lit obinon din paseta. Ed okanob dunön nosi in tef at. Dag obemaston topi oba, ed oreigon nen taan."

Äseifom ed ädoisadom ini bradastul oka, lölöfiko däsperik, pevikodöl. Dag igaenon fasiliko.

❌

"Fatül ola, lio stadom-li?" äsäkom hiel Ernest. "Etudredälom-li?"

"No cedob osi," ägespikof jiel Cindy. Ibexänof tridemi ad logön vio Fatül igeom tefü lektinirop brefik. No äyunikom, e suvo kondöt omik binon bisarik ven nekösömikos jenon.

"No cedob, das eküpetom bosi," äfövof. "Ätuvob omi, kel äslipom in bradastul in dag. Slipilom ai. E lenlabom solalünätis nog—sis dels ömik anu. No sevob kikodo. Ma nol oba, logs oma no binons litisenöfiks."

Äseilons, ed äbetikons säkädi bälda.

90

Timo peflödöl

Man näi ob pö bötädöpatab äflekom kapi süpo obe, ed äsagom: "Ekö bos, keli vilob sagön ole. Enu edunob stunabiki tuvedoti nolavik. Pos yels mödik vestigas töbidik, ekanob fino sävilupön kaeni ad stöpön flumi tima. Atos obinos jenot leveütik tefü nolav jenava."

"Vero-li?" ägespikob ome plüto. "Egetob magädi gudik. Jonolös obe, begö! vio dunol osi."

"Säkäd nonik." Tän man äjinom meditön, älogedom lü logs oba, ed äsagom balugiko: "Ekö! Eflödob timi!"

"Benö! Lio kanoy-li gebön kaeni at, e mögis kisotik lofon-li?"

"Eflödob timi," edönuom. Ililom-li säki obik?

Äsäkob ome säkis anik mödikum, ab alna ädönuom: "Eflödob timi."

Älemufükölo jotis, ägolob lü tvalet, ed äsä ägekömob, äküpedob, das man no ga imufom. Fädo älilob omi, kel äsagom ai dönu: "Eflödob timi" mane flanü nedetik oma.

Äklülados obe, das flödakaen omik ilabon nitedi miedik, e no fe öbinon jenot leveütik, keli ispetom datuvan ota.

Paokalüp

Ireinos dü del lölik, ab ämutob spatükön dogi nenzogo; sekü atos, äsludob ad dunön spati brefik. Älenükob reinamänedi, älabükob obe reinajelömi, ed äsegolob ad todön sturareini. Kösömiko dunob spatis lunik ad dälön i doge, id obe, ad juitön luti flifik, ab atna icödob, das minuts deg ösaidons.

Beigolölo piadi smalik fo glüg Saludana Kristof, äküpedob mani, kel ästanom us in sturarein. No älenlabom reinamänedi, ni älabom reinajelömi. Ästanob nenmufo us, leluimik, äsif äjuitom stomi jeikik somik. Älemufükob kapi oba, ab äbinob nulälik ad sevön kodi, kel ämofon omi ad atos.

Pos minuts deg, espatölo ma sirkül lölik, dog ya idunon bligi oka, ätikob: *Kikodo no kontrolob-li, va man stanom ai in rein?* Ed äbinos kuratiko äsä ispetob. Bi vemöf reina no äbinon äs büo, äsludob, kodedü muf süpik, ad spikotön boso ko man at; ävilob ga sevön, kikodo ästanom us in rein. Klüliko gidetomöv ad sagön obe, das atos no tefos obi. Votaflano ba telspikotil plitonöv omi.

Seko ägolob lü om ed äglidob omi: "Deli gudik ole!"

"Deli gudik id ole," ägespikom. Rein ätofon de logod oma, ed älogetom äsif ästanom dis dujet; herem oma pägludom ta kap, e klotem ädaluimon.

"Säkusadö—kikodo stanol-li is in sturarein?" äsäkob. "Dabinons jenöfo bötädöps ömik nilo, kiöpo otuvol jelöpi. Kanob jonön ole vegi usio."

"Digidob yufi plütik ola," äsagom foginan, "ab no kudolös tefü ob, begö! Val leodon. Jenöfo, ekö kod koma obik is."

"Kisi sinifos-li bo osi?"

"Ba no sevol osi, e ba mens mödikün i no sevons osi, ab adel binon del mu patik, e top at binon i top mu patik. No stanob is fädo; stanob is bi süadükob, das binos mod balik ad pasavön."

92

"Säkusadö?"

"Dälolös obe ad plänön," äsagom man, nendoto posä ilogom bluvi logoda obik. "Egetob büosenis. Dajons pegevons obe. Nunädis egetob, kels ba edekömons de God it. Estudob kälöfiküno nunädis at, esteifülob ad nätäpretön onis, ekontrolob onis ai dönu tefü bib, ed esüadob, cedü ob, dö nevitovikos onas."

"Kisi vilol-li sagön?"

"If nätäpret oba binon verätik, te utans, kels obinons is, tö top patik at e tü düp patik at, posavons. Votikans valik podistukons. Pevokädob, seko ekömob; posavob. Fümob, das gudiko suemol, das visü leveüt dinäda, sturarein lindifon obe."

"Benö," ätikob, "ekö lezilan relöfik." Säks mödikün oba ya jenöfiko pigespikons. "Magädi getob," äküpetob, "das binol soalik is. Äbinol-li soalan, kel pevokädol? Binol-li soalan, kel posavol?"

"Koefob, das no sevob osi," äsagom. "Ba eminätäpretob nunädis, kels pegevons obe. Fümiko etikob dö atos. Te spelob, das if negitedob, Nämal opardom osi obe."

"E retans podistukons-li?"

Man änutom. "Paokalüp ospalon neki, pläamü seväläbs, kels okobikons is," äsiom.

"Bisä eminätäpretol-li nunädis?"

Man no ägespikom. Äfärmükom logis dü timül, ämaifükom onis dönu, sagöl: "Lüvolös obi soalo, begö! Nulälob kikodo votikans no ekobikons is. Ab ba ob binob soalan, kel meritob ad paspalön. So Binosös! Keliedob dö mens äs ol, kels popönidons mu vemo kodü nevilöf olsik ad zepön nunädis löpao. Nu lüvolös obi, begö!"

Ägevob ome desiri omik—e sturarein äprimon dönu. Äprimikob ad zigolön zi gul, älogob omi vifiko dönu, ed äpreparob ad gegolön lomio. Kuratiko tü timül at, älogob toodi BMW, kel äpubon votaflanü piad, e kel äspidon tu, tu vemo. Toodan äperom reigi vaba okik su stonils klöpik luimik, e tood äsketon de süt ini piad. Man, kel ästebedom ai savabilieti oka us, äkanom dunön nosi ad skeapön. Koap oma päspearükon. Kobojoik fümo ideidom omi. Tood ästopon lunoidölo ta fasad glüga Saludana Kristof.

Sumölo radionatelefoni obik ad kosükön poldabüri, ätikob: "Te fomälolös osi! Drefäb liedik igetom fümo nuni völadik. Neläbo iminätäpretom oni. Paokalüp jenonöv te utanes, kels äbinons tö top patik et tü timül patik et; votikans pösavons.

Sosus poldans älükömoms, äsagob omes, das mijenot badik ijenon, e das man liedo iperom lifi. Äsludob ad sagön nosi dö Paokalüp, keli negudiko pifomülon, e kel kludo pimisuemon fa seväläbs.

Gad, kö tim it äpüfikon ai

"O Harry," jiel Vanessa ävokädof, "cedob, das fövos ai," ab vien, do fibik, ämopolon vödis ofa seimio, kö matan ofa no äkanom lilön onis. Äseifof, ed ästeifülof ad nedemön lefeni, keli koap ofa äsufon sekü spat nelunik in gad. Ed if spat nelunik at ya äbinon tumödik... Äsinifos-li, das saun ofik äbadikon? Ed atos, äkanon-li sinifön, das cein seimik dajonon oki?

Älemufükof kapi okik äsif ästeifülof ad molemufükön fäkis konflitik, kels itupons stili ladäla ofa. Zun, nespelöf, nefüm. Zuo, mutof koefön döboti oka ad suemön. Nemög sevärik e lölöfik ad sevön, kis äjenos ones. Jenöfo mutof spikön hiele Harry in tef at, nen tikön dö kis ädunom tü timül et.

Nevifiko ädoniogolof ve veg gronastonik lü gadapiadil, kö Harry äseadom ai. Nendoto äslipilom dönu. Timüls galik oma ävedons ai nemödikums. Üf atos fövos, obinof suno lölöfiko soalik, sogü slipan laidik. Liedo no äsevof vio stöpön badükumami somik. Ko vemöf favik, ädasevof pianiko verati: kis äsinifon-li volfi at, i kis äsinifon jenöfi, das dido volf ädabinon? Jenöfo ästunükos ofi. Ämutof spikön ko Harry in tef at, ebo anu, igo if ämutof ropön slipi oma. Flanü votik, neföro iriskof jünu ad ropön slipi oma enu. Äjinos ofe äs din nesapik. Kim äkanom-li sevön sekis dunota somik däsperik?

"O Harry? Galikol-li?" Vög ofa, ya brekülovikum love yels, ädremon kodü fav. Ba no sötof galükön omi. Idunof osi te pö naeds ömik, ed atos äbinos bü tim so lunik, das no äkanof igo memön naedi lätikün. Sek ota äbinon ad dobükön vimi, pötiti, deli lölik oma.

Ad takedükam ofa, äküpetof, das ifavof vano. Harry äfinükom ebo anu "slipili brefik poszedelik" (äsä äbuükom ad nemön oni) ma mod natik, ed anu älogom ofi me logs töbo pefouköls.

"Si, klülabiko galob," äsagom, ed ätenom braki ad sumön bovüli tieda, kel äbinon näi om su tab. Älüblinom bovüli lü lips oka, ed ädrinilom bosi; poso äseitom bovüli kälöfiko dönu sui disbovedil.

"Binon tu hitik," äsagom lobülo. "Ekö! No eslipilob dü lunüp, voto tied oba no binonöv nog hitik." Älogetom levikodiko ini logs ofa; smilil fibik äloveikon love lips oma.

"Gidetol, klülabiko," äsagof, pos timül zoga, no nen fikul. Neföro osuemom-li? Neföro oküpetom-li? Neföro odalilom-li utosi, keli ästeifülof ad kleilükön ome somödo? Ba obinos gudikum ad lölöfiko yilidön ome, ab anu ämosumom ofe pöti, sagölo: "Ävilol-li sagön bosi obe, o löfäb?"

Äseifof. "Si!" äsagof; vög ofa äbinon so fimik äsä äkanof mekön oni. "Dabinos din, dö kel vilob küpälükön oli; eküpedob sis lunüp floris, o Harry, ed äküpedob i bosi bisariki, bosi favüköli."

Harry äfärmükom logis, e dü timül ätikof, das äslipikom dönu. Ab tän älielof omi mürön: "No, no—no dönu! Mutobs-li bejäfön valikosi dönu?"

"O Harry, begö! Senälob, das binos leveütik."

"Benö, o löfäb, dalilob ai. Sagolös obe, begö! uti, keli edatuvol." Äkanof suemön notodoti logoda omik: lefen, bi pisüadükom, das bespiks somik ädugons neseimio—zep plütik laidäla ofik ad leadön sevön omi dö tuvots ofa, sufod pö nevitovöf valikosa.

"Jünu val in gad estopon ad glofön sis tim tikädabik. Yeb, flors, bims. Blibons ebo äsä äbinons büo. Binos äsif tim it estopon. Eküpedob ya büo, das val änevifikon, ab anu jinos, das val lölöfiko estopon. No suemob osi, o Harry!"

"O löfäb oba, no favolös. Liomödotikna mutob-li sagön ole, das val jenon in kap ola? Val binon legudik. Val binon nomik. Kikodo no sätenidükol-li oli? Seidolös oli, begö, e juitolös bovüli tieda!"

Äfulükom bovülis tel, äseitom tiedaskali sui tab, kobü seif dibik kotenükama. Äfärmükom logis dönu, visipölo: "O löfäb! If te äkanol sevön viomödiko digidob timülis at püdik is kobo." No ämaifükom logis, e brefiko poso, natemam oma, nevifik e nomädik, äsevädükon ofe, das äslipom dönu. Vanessa älüvof tiedi oka, ägolof ini dom e nenzeilo ägolof da cem alik, kel äbinon fulü seil lölöfik.

Dom lölik äbinon koldik, äsif nek ilödon us sis lunüp. Ab blöfs nekäla u konöma defik lölö no ädabinons, no igo jüd püfa su sürfats maifik. Dom äsädüton vamöfi menik, bi jenöfo pivagon dü lunüp. Äbinons te pösods tel us, e Harry iseadom in stul su gadapiadil tulunüpo ad memön mödikosi, sotefo Vanessa ibinof in gad, kö ägaledof oni, äjuitof lutemi, ed äsätenidükof oki in lejön natemiravöl ota. Kälöfiko ägolof löpio ve tridem, kel dugon lü slipacem. Knirät trida alik äskänon ofi. Igo tonod nelaodik somik äjinon troivön seili dibik. Slipacem id äjinon binön igo stilikum e nenlifikum ka ret doma. Äsenälof migoti jema e töba demü tup stila, keli äkodof äsä ätravärof cemi, ed ägolof lü fenät; löfidiko ämaifükof körtenis vetik ed älogetof föfio sui gad diso. Logs pianiko äperon fouki, e töbo äküpof uti, keli älogedof, äsä ägefludons oke mems mödik tefü jenots pasetik.

Proged somik ibinon vemo nevifik—so nevifik, das balido no äspetöfof dö on. Prim otosa äbinon timü necalikam ela Harry, ed äkanom mojedön rotis aldelik e pedälis alsotik. No plu ämutom löädön se bed göliko. Düps nomädik ivedons nezesüdiks. Anu älabons timi saidik, äsi lib, ad sätenidükön okis e ad juitön delis bal pos votik. Nevifiko no plu äkosädons ko sogäd plödo—e jenöfo ün tim et, atos älindifos bofikanes onas. Sogäd dido iceinon so vifiko, das no plu äkanons lönedükön okis one. Sosus no plu äzesüdons ad mätedön ko sogäd, äbinons koteniks ad gegolädön de on. Suno äbinos nemögik ad limön dönu ko sogäd valemik.

Äbäldikölo, ijafons gufuri vü ons e ret vola, kel ävidikon ai. Bo val kanonöv binön voto if ilabons cilis, ab liedo atos neföro ijenon, ed anu äkanoy dunön nosi in tef at. Anu äbinos tu latik ad gudükön atosi. Seko lif onas äjinon nevifikumön ai. Dunöf ädefon life onas. Jiklinükan äjäfikof me konöm doma balna alvigiko—id äprimof enu ad jäfikön me remots onas.

Harry älifädom timi ai mödiki su gadapiadil ad reidön u ad drinön tiedi. Ko paset tima, mödot tieda pluikon, e reideds oma nepluikons. Vanessa älifädof timi ai mödikumi in gad. Tim äpasetikon—ab ai nevifikumo, ed anu adasevof, das no äpasetikon plu.

No äkanof memön naedi lätik ven jiklinükan ikömof—do visit ofa no äbinon klülabik vätälü stad doma. Harry äjinom binön jänälan düpa gönik oma. Äslipilom boso su stul oka in gadapiadil, ed äslürfom tiedi ömikna. Tiedafided anu äbinon ti laidüpik. Ed in gad jiela Vanessa, nos äglofon ud äceinon. Ven äspikof ele Harry in tef at, ägespikom ofe, das te ämagälof, das dins binons negidetiks. Äsagom ai, das ämagälof vali. Tied oma äbinon klülab fümik, bi no äkoldikon, seko laidüp, keli isufälof äbinon verätiko te timüls ömik. Löliko no äfrutos ad jonön ome dädi tikava omik. Jüi tim, in kel äkleilükof, das tied hitik äbinon dil züamöpa onas, keli anu piflodon in tim, kösömiko islipilom dönu. Ab tän no äkanof moükön mögi, das ägidetom, if, ma om, val äbinon in magäl ofa. Sekü atos, lio äkanof-li fümetön nati verätik dinas?

Klüliko gad ädabinon ai. Klülabiko no imagälof utosi, kelosi itüvof us. Ab lio kanof-li süadükön omi dö tuvot oka? Dabinon-li blöf nenoamovik teora ofik? If te äkanof süadükön omi ad dugädön ofi ini gad, ad logön. om it, vio...

Älemufükof kapi, äsif ägalikof se drimäl skäniko bisarik. Äfoukof logis oka dönu, ed älogof utosi, kelosi büo ilogetof, ye nen logön osi.

Gad! Ästanof is dü minuts ömik ed älogof love on, e te anu ädasevof, das öbinos gudik ad spatön boso in gad oka ad fümodön, das val äbinon leodik. Nedoy bo kötön yebafeledi, ad moükön bledis deadik; zesüdos bo ad kötön i buidi, u ad dunön vobedi seimik votik.

Mems valik yelas büikum ämoikons onu se kap ofik. Ägolof travärü slipacem, änexänof tridemi, ed ägolof sunädo ini gad; änünatemof luti liföfüköl poszedela latik. Balido val äjinon binön lölöfiko nomik, ab poso äsevedof, ko dredäl mödikum, das nos icenon sis visit büik oka. Flors, kels äprimons ad florön, no nog iflorons. Bled pebreiköl deadik, kel äprimikon ad falön glunio, äbinon verätiko stadü ot. e sams at no äbinons nenpläotiks. Xam nilikum ätidon ofe, das atos äbinon valemik. Gad ofa no plu äceinon, paset tima no plu äflunon oni. Atos äkanon te sinifön, das...

Mutof bespikön osi ko Harry.

Lektinirop gretik

"Neit jönik kion," äsagom hiel Jesse. "Te logolsös stelis. Natemiberavöl!"

"Gidetol lölöfiko," äbaicedom hiel David. "Bis kanobsös blibön is ai."

"No cedob, das kanobs dunön atosi, no mö suäm fa lotidöp at peflagöl," äküpetom Jesse, ed alikan äsmilom laodiko. "Ab ekö top stunidabik, too," äsiom hiel John.

Süpo lits äkvänikons, e bötädöpatab flanü svimöp lotidöpa "Mandalay Hill Resort" päjedon ini lafadag, kel pälitikon te fa glim fibik kandela su tab, äsi fa stels, kels äglimons löpo.

"Levi! Spelabo no lektinirop votik," äplonom David.

"Lektinirops binons suviks is in Birmän ed in läns votik in voladil at. Omutobs kösömön ad somikos," ägespikom Jesse.

"Sevob osi," äsagom David "Odulos te dü minuts ömik. Juitobsös neiti fulü stelalit anu, kü kanobs stunidön glori lölik ota."

Pos minut nog bal, lits älitikons dönu, e mans äprimoms ad kobospikön dönu. Jesse iprimom ebo ad konön bali tävakonotas petuüköl oka, kü lits äkvänikons nogna. Vienabladül süpik otüpo äkvänükon i kandeli; seko stels äbinons litafon soelik omas.

Lits älitikons ed äkvänikons dönu anikna ünü minuts deglul sököl; Jesse äseifom ed äsagom: "Ekö del favik—kisi odunobsli?"

"No kanobs dunön mödikosi," äsagom John. "Kanobs gegolön lü cems obsik, ab lektinirops okodons obes säkädis mödikum us, ka is plödo. Stebedobsös jüs val obinon nomik."

"Tikamagot gudik, cedü ob," äbaicedom David.

Pos sekuns ömik i stels äkvänikons; anu mans äbinoms lölöfiko in dag.

"Diabö, kis vö sinifon atosi? " äsäkom Jesse.

"Lefogs ba eklänedons stelis," ägespikom David, steifülölo ad kleilükön magedi somik.

"No dabinons lefogs aneito," ätaspikom omi John. "Neit binon lölöfiko klilik. E lefogs no mufons so vifiko ad tegön sili lölik ünü sekun bal äs anu."

"Ab stels i no kvänikons somo," ägespikom Jesse. "Lektinirops no flunons onis. Igo in län at."

"So—kikodo no glimons-li?"

"No sevob osi," äsagom Jesse. "Dalaboy-li filidömi? I kandel binonöv frutik anu."

"Pidabiko no smökoy. Omutobs stebedön."

Äbinoms mu danöfiks, kü lits älitikons dönu pos minuts ömik latikumo, e stels id äpubons in sil dönu.

John, löpiologölo, äsagom: "Benö, jinos, das evikodoy säkädi löpo."

"No spikolöd nesiämi," äyamedom Jesse. "Kanoy-li kleilükön utosi, kelosi elogobs ebo anu?"

Jenöfo no äkanoy osi, e bi Jesse no ävilom fövön konoti petuüköl oka, mans äseadoms ed älogoms seilo foi oks.

Tü timül, tü kel Jesse äprimikom ad mobön, das gegolomsös lü cems okas, lits äkvänikons dönu, e, sekuns ömik poso, i stels.

"Nekredovik!" äsagom Jesse. "Ejenos dönu! E stels, kisi dunons-li? No kanons nepubön soäsä edunons osi anu—nemögik!"

"Ab ejenos ebo anu, no-li?"

"Si, ab pidob, das no kanob kleilükön atosi ole."

"Vo senidobs in dag," äsagom smilölo John. Äbinom soalan ad dasevön lekofi vödiväla okik.

"Ols tonols äs lans nen koaps; vögs olsik sekömons se dag lölöfik," äküpetom David. I vög omik äsekömon se blägöf.

"If maged at fövon, obinobs jenöfo äs koaps nen lan," ägespikom John.

"Cedob, das atos binon mu fefik," äsagom Jesse. "Vilob sevön utosi, kelos jenon."

"Ekö teor oba," äsagom John. "Tefos Ropi Gretik Valemik. Kanobs te spelön, das Nämal onätükom siti oka suno."

"No cogolöd!" äsagom Jesse.
Ab David ätikodükom: "Stebedobsös jüs val nomikon dönu."
Ästebedoms, ab nos äjenon. Dag äbinon lölöfik. Jiniko sit idefon fefo, igo i sit gretik löpo—do äjinos äs teor ga netikovik.
"Niludob, das John ba ägidetom," ätikom Jesse. "Ekö jenöfo Lerop Gretik. Sülö! Kis obinon-li sek valikosa? Kisi mutobs-li dunön? Mutobs-li stebedön? Ab kisi voto kanobs-li dunön?"
Seko alikan ästebedom—e stebedom ai."

Nuns nelöföfik

"Logedolöd!" äsagom hiel Frederick Dubarry, kel äjonom distuki disü oms. Ekö Pon nemü Leyan Goldik—mo! Ekö Pon Buga Oakland—mo! Ekö Melakäv Päskarana—mo! Finenaziläk—ai mo!

"Nos reton zifa San Francisco," äsiom hiel Oswald fäkädiko. "Katastrof kion!"

"Valikans sevons, das, ün del seimik, talabeb mu gretik opäridükon zifi," äsagom Dubarry. "Dido no esevobs, das öjenon adelo. Ed äspetobs ad panunedön föfo."

"Ab—jenöfo penunedobs," ägespikom Oswald.

"Lesi! ab alans ätikons, das ölabons timi saidik ad moükön okis. Cedob, das mödikans no äkanons mofugön timo. Ob it, ob äbinob läbik; Äkanob gleipön oli. Ämemob ai bälunazugoti, keli edunobs tü vig pasetik. Memol-li osi?"

Oswald änutom.

Frederick Dubarry älemufükom kapi. No nog äkanom kredön, das jenöfo ijenos. Nuned, das talabeb okömon suno, e das okanon binön Gretikün Valikanas, kaot, as mens däsperiko ästeifülons ad lüvön zifis jolü vesüdik Tatas Pebalöl, e kels ätävons anu ve levegs fulü vabs lü lutapofs tufuliks, äsi mebs oma bälunazugota tü vig pasetik. Seko etelefonom mani, kel jäfikom me bonedams, ed ebonedom zugoti sunädik.

Bälun töbo ilöädon, ven talabeb ilemufükon zifi; bumots ädoniofalons, e fils äloflamons valöpo. Äskanoms nog sekü stään distuka. Levef ämopolon failotis smolik, e valöpo äkanoy logön meli mäpetik.

"Logolös, o Oswald," äsagom Dubarry. "No binon te zif San Francisco, kel nepubon disü vefs; abi melajol lölik Kalifornäna.

No kanoy logön tali. Nekredovik! Talabeb at obinon bo nämädikün ai."

Oswald änutom te.

"Binon katastrof gretikün ad glifükön menefi," äfövom Dubarry.

"Dotob vemo, va ek okanon sekömön lifo. Utans, kels ägolons ve vegs, u kels ästebedons flitömis, kels neai imoflitons—no älabons mögodi ad skeapön. Ab danü ol, ob lailifob. Opelob ole mödikumosi, ka ebaicedobs. Meritol osi."

"Danö," äsagom Oswald nefäkiko.

Dubarry älogetom ai lü vat vutik diso, ab ün timül at eküpedom, das bälun äperon geiloti.

"Jinos, das nexänobs," äsagom kudo.

"No kanobs blibön ai in lut," äkleilükom ome Oswald.

"Kis sinifos-li atosi?"

"At binon bälun vamalutik—" Oswald no efinükom seti; änotedom te gasinazilidis, e poso vat diso.

"He! Prüdö!" ävokädom Dubarry. "Atos no binos ma baiced obas."

"Baiced obas äbinon ad moükön obis suniküno," ägespikom Oswald, ad gidükön oki. "Ävilol xänön sunädo ini lut. No emäniotol jolami. Pidö!"

"Seko, enunob ole nnis nelölöfik. No binon-li bosil dunovik ad kipedön dini at in lut jüs obinobs löpü läned sigik?" älerorom Dubarry.

Oswald notedom gasinazilidis dönu. "Pidob vemo."

"Kis ojenos-li, sosus okontagobs sürfäti tala?" äsäkom Dubarry.

"Cedü ob, okanobs dunön nosi," äsagom Oswald itjäfidiko.

Frederick Dubarry logedom nogna lü mel vutik diso, kel stäänikon selogädo, e logom, das suno oblunoms ini vat.

Flekölo lü Oswald, tü timül büä flapon bälun vati, yamedom: "Glömolöd moni läfulükik, keli epromob ole ebo anu!"

Pod gretik

Lüloganef spetiko äküpälon sperimänti. Ädasuemon, das äbinon privileg gretik ad komön pö sperimänt balid ko stöfimödükian.

"Nos kanon dobikön," äsagom Dokan René Delvaux—nolavan, kel gididom demü disin. "Ebüokälobs valikosi. Din, keli omödükobs no binon riskädik. If sperimänt at no plöpon (ta spets e to preparams kälöfik obas), riskäd alseimik no dabinon."

Ägolom lü mödükian, ätirom podi se pok, ed äpladom oni kälöfiko sui "seatöp A" cina. "If val gudiko plöpon," äfövom Delvaux, kel äjonom "seatöpi B" nog vagik deto, "pod dientifik opubon is. Nu, primobsös."

Eflapom klavis ömik nünöma polovik, ed elogedom viföfiko lü "seatöp B". Äspelom ad loegön jenöfikön bosi us.

Ab bluvü om e süpädü komanef, "seatöp B" äblebon vagik, ab pod su "seatöp A" ätonodon äs buonöm, keli setiroy se flad, e gretot ota etelon.

"No kanob kredön osi," äsagom Delvaux. "Bos no gudiko jäfidon."

Pod ädönuon tonodi ot, e gretot ona nu efolon.

"Kleiliko säkäd binon fefikum, ka etikob," äsagom medito Delvaux. "Omutob nomädükön oni."

Pod enoidülon dönu, ed äglofon so gretiko e vetiko, das ibreikon "seatöpi A". Nu, pod äbinon vemo gretik, ed ärolon ta völ, keli iflapon me noid dumik;—gretot poda etelon dönu.

"No sötobs-li skeapön, büä ofulükon cemi lölik, ed opedon obis ta völs?" ek äsäkon.

"No tudredälobsös," äsagom Delvaux, me vög boso favik. Klüliko komanef lölik älöädon, ed ävifagolon mu vifo se cem.

Man lätikün ad lüvön cemi älogom, das pod iglofon so gianagretiko, das frakats äpubons in völ e nufed.

"Stöpolöd dini at büä odistukon cemi," ävokom hüsteriko.

"Büä okodon dästuri bumota lölik," älüükom man votik.

"Ed if no okanoy stöpön oni, kisi ojenos-li? Din at, odistukon-li lödadomi lölik? Igo zifi ela New York it-li?"

"Läni lölik-li? Planeti-li?" ek äsäkon, smilölo.

"Spelob, das ols cogols," äsagof vom.

Anu äbinobs su süt, ed ämogolobs ai vifikumo. Flekölo kapi obas sekü noid laodik, eloegobs doniofalön po obs bumoti in lefog debreikota e püfa. Ekö pod gianagretik, kel tädiko äsüikon sus failots. Äglofon jiniko ai, ed obs äronobs ai vifikumo.

Leval stääniköl

Äsä jiel Jennifer ägolof da cem, hiel Harold, matan ofa, kel äseadom, äs kösömiko, in bradastul kovenik oka, älöpiologom de gased, keli äreidom, ed äsagom: "Reidob yegedi jänälik is. Ba id ol sötol reidön oni."

"Jenöfö! Kisi tefon-li?"

"Tefon stäänikami levala medü vöds balugik."

"Ag, o Harold. Vilob ladöfiko, das kanol-la nitedälön dö dins aldelik lifa—samo: vob in dom, nen mäniotön mati obas."

"Ag, o Jennifer, begö! No primolös blöfädi et dönu. Id ob vilob, das kanol-la jonön nitedi mödikum pro nolav, e pro dins veütikün lifa."

"Vilol-li sagön, das, cedü ol, mat obas labon veüti nepluik?"

"Neai esagob atosi."

"Ab atos kanos kleilükön kikodo mat obas jinon sökön vegi dobik."

"No kanob fomälön, dö kis spikol."

"Ekö on in yeged, kel reidol, o Harold. Ba sötol gereidön oni kälöfiko nog balna, ed otuvol us kodi säkädas obsik."

Harold ästunolülogom seilo ofi.

"O Jennifer, dö kis spikol-li?"

"O Harold, dalilolös obi. Säkäds obsik blöfons teorodi ola levala stääniköl."

Harold ästunologom ofi ai, ab äläükof: "Atos kleilükos kikodo ditobs te pianiko, ab bit at ovifikumon ed orivon fino seki nevitovik."

Älüodükof oki lü kvisinöp. Vütimo Harold ämeditom leigöfi küpädik vü stelafüsüd e mat oka.

106

Da kapit finik

Hiel Felipe äzülogom kläno zü ok. Mens te aniks äbinons in süts, äsä ispelom osi. Äbinos dagik; vien koldik älebladon, ed älereinos vüo—del dialik pro disin oma. Fädot letüva ti no ädabinon. Äfümom, das valikos öbinon gudik.

Ädotirom häti okik sui logs nogna, ed ägolom vifo ini bobädategöp. Is äbinons mens nemödik, pato hiyunans, kels äjäfoms lölöfiko me pledadins leätronik, e kels no äküpälükoms omi. Äpaudom dü timüls ömik ad lönedükön oke züamöpi at bisarik: litems kölas dagik virüköl, flägrülöl; tonods nevitataköl—leval, kö kaot e magiv kaenava nulädik pänüfärmükons in komip dulik, e kö mens äbinons te dilils nen sinif semik—lutofs keliedabik mida, bluda, kels päläükons feracanes glimik, äsif ästeifülons däsperiko ad balatön ko metal e plastik, ad stitön bidi nulik lifa, ad klemön geroti stabik onas.

Lögis oka imütom golön dönu. Ma flen oma, hiel Jacques, buigs "patik" äbinons pödo. No binonsöv fikuls semik. Nek äbesäkon nosi is if peloy moni gudik. Pödo äbinon jenöfo man po bötatab. Felipe ägolom lü om, äkögülom, ed äsagom me vög lafamüätik: "Plidoböv patädi 'patik', el 'B'." Äsä isagom Jacques, logod mana löliko no äfäkikon. No igo älogedom lü om.

"Foldeglul," äsagon vög grobik. Lips mana töbo imufons, äsif vöds leäktroniko piregistarons, ed ipedom gnobi "pledön". Felipe ätuvom moni, ed ästebedom.

"Usiö!" äsagom man, kel äjonom ome lüodi detik. "Nügololös, välolös Buigi nüm Vel e färmükolös yanili. Pos minuts lul mutol lüvön da yanil pödik. If opölikol, omutol pelön nog teldeglulis." Felipe änutom. No pölikomöv: no ävilom pelön nog teldeglulis. Ägolom lü top, keli man ijonom ome. Ünü timüls ömik yanil äpubon, kö üfümom, das ibinon nünömapled. Bo holografikos-li?

107

Bo si! Binonöv legudik ad klänedön mödikosi. Änügolom, ed äbinom in luyal nabik, lulitik. Ekö Buig nüm Vel. Vifiko änüpedom oki ninio, äfärmükom yanili, ed äseidom oki su stul— no äbinons möbs votik us. Äbinos dagik e nabik. Älogetom foi ok, ab bi äbinos nog ledagik votaflanü glät ballüodik, ädabinos te ledag lölöfik.

Äsä änikurboy liti votaflanü gläta, peb oma ävifikumon, e nams süpo äluimikons. Lad oma äprimon ad pebön äsif ävilon bunön se blötabomem. Felipe äläkom lipis oka. Votaflanü glät ballüodik (Gode dani!) äbinon te püpit ko stul. Ästöpom natemi oka sosus man änükömom ini spad smalik at ko penädasakäd. Tän ämaifükom oni, ed ädasukom da ninäd. Felipe no nog äkanom logön ninädi ota.

Ekö! Löliko pebluvüköl, nams kobo pepedöl, e glüet len siem it stula, äsif kanomöv falön glunio tü tim seimik; älogom, das man äsumom buki (buki jenöfik padas papürik labü vöds pebüköl su ons, kelis äflekom namo; liens vödema fa logs krütiko pe- vestigöls), äbiegom, ed äprimom ad reidön oni—lesi, reidön oni! Sosus ireidom padi bal, ko mufül vifik rieta äprimom ad reidön padi nog bali; äreidom nenstopo. Din stunik! Äbinon-li vo buk jenöfik? Kikodo ädabinon-li nog? Alan äsevon, das calals de Nunaministeröp äbinoms nenmiseriks. Äbinos fikulik ad fomälön atosi. Ämögos-li ba, das sagäds äbinons veratiks tefü mufs tatiriskädüköl at, me kels buks jenöfik se pasetatim pägaledons, päreidons ed äziikons? E ninäd bukas somik, kin äbinon-li? Kisi äreidons mens at? Tikamagots kisik änüdranons-li ini kaps onas? Tikod somik ädremükon omi.

Ätikom, das äbinon ba käfed holografik. Ab no! Lüloged somik no ökanoy logön a foldeglul teik. Atos muton binön jenöfik. Lejenöf! Felipe äslugom. "Sülö! Jacques ägidetom! Nekredovik! Buks! Dabinons nog—u nemuiko bal otas. Ab no sinifos-li atos, das—"

Man votaflanü glät äfärmükom buki, äninükom oni ini penädasakäd oka, ed älüvom buigi. Lit päsekurbon. "He!" ätikom Felipe. "Atos no edulon dü minuts lul!" Ab kleiliko nek äbinon us ad lilön ploni oma—no nen koefön utosi, kelosi idunom. Ab nemuiko ilogom mani, kel äreidom buki. No nog äkanom kredön osi. Äneodom timi mödikum ad dasuemön osi.

Älöädom de stul, älüvom buigi ed ävifükumom plödio dönu. Äspelom, das nek ülogom omi gevegü lom oka. Äsludom ad plänön matane, das ibinos pledi stunabik "jenöfa säsantik". Ipreparom pläni lölöfik; igo idönuom pläni at büo ko Jacques. Nek tüvonöv, das igolom lü logedadajonäd talonik somik.

"Sülö!" ätikom, äsä ïgolom ve süt dagik, ed äsevedom reini, kel ädofalon sui om. "Sülö, neit kion! Neföro oglömob oni."

Tuükam pianik

Dil balid

Jiel Miranda älensumof telefoni oka, äspikof jiflene gudikün, Murielle, ed äsagof: "Sevol-li, kis ejenon obe pö koledüp adelo? Ifidob ebo koledi oba, e poso äslürfob kafi oba, ven sunädo motoravab äkobojokon ta mön staudöpa. Nendoto vaban ispidom tuvemo, e no plu äreigom vabi. Fenäts valik pätroivons, e bakastons, äsi brekots alsotik päjedons ninio. Mijenot at älejekon komanefi vemo. Anikans äprimons ad drenön ed, igo lerorön, bi äcedoy, das splod ijenon, igo tatak fa jekidunans. Distuk valöpo äbinon stunik. Tabs e stuls pästürons; nulüdots ä drinods äseatons valöpo su glun, e mens lekofudons. Tudredäl lä cils ömik äbinon klülabik. Cil bal us äbinon netrodovik, bi pledavabil plastätik pilepedon dis futs eka. Pledadin at päridüköl älogoton kuratiko äs vab, kel ikodon primo lepemi. Ed äbinon us man, kel ileadom falön bövi podorasupa sui vom, kel älogotof poso äsif pätegof me blud. Ömans äcedons, das pivunof, ed irönons ad lofön ofe yufi. Man votik, kel äbinom näi mön it, pätegom lölöfiko me püf, ed älogotom äsif ilöädom se dead. Ob äbinob läbik. Te ileadob falön kafi oba, seko äbinons stens ömik su juüp oba. Pos lüköm poldanas, ätuvoms, das vaban no pivunom, e jenöfo imogolom sunädo. Pos tim ömik, ätuvoy omi in bötidöp nilik. Äsagom poldanes, das memob nosi dö jenot liedik, e te ävilom drinön väretis ömik viskida ad glömön dini lölik maleditik. Cedob, das ya idrinom tuvemo, voto ösevom, das no glömoy bosi, keli no plu memoy. Niludob, das fino ogetom kaloti jerik. E spelob, das koledüp okömöl oba obinon boso kösömikum. I plidoböv ad fidrinön kafi oba."

Dil telid

Dü kafüp, jiel Murielle äflekof lü calasvist Monica, ed äsagof: "Bisarikos vö! Ejenon flene oba gölikumo tü del at. Äkoledof in staudöp, ven motoravab ekobojokon ta mön, e glät petroivöl ä brekots alsotik päjedons valöpio. Mens ätudredälons, bi äcedons, das äbinon tatak fa jekidunans, e das boum jenöfo isplodon. Distuki sököl no äkanoy bepenön: tabs e stuls pämobladons, e dils ömik vaba pedäbreiköl päjedons ini staudöp it. Cil pidotagon, ed ädrenon sekü dol; vom älogotof, äsif pätegof me blud, ab päyufof onu. Id äbinom man äs fun pigelifüköl. Ab te juüp flena oba pedobükon, seko no plonof. Poso poldans etuvoms döbani in bötidöp. Ädrinom us, äsif nos ijenon. Klülabiko opönoms omi me monapönod gretik sekü mijenot oma. Nendoto plak at äbinon lejeikot pro komanef us, e fümiko pro cils!"

Dil kilid

Latikumo dü soar et, jiel Monica ätelefonof jiflene Melanie dü getäv lomio: "Dalilolös! Elilob konoti at bisarik dö bos, keli flen flena obik eplakon. Äkoledof in staudöp, ven elilof splodi. Jinos, das ek istirom vabi oka stedo ta mön. Top lölik pädäbreikon, e vab it fino isturon nino. Glun pätegon me däbreikots alsotik, äsi me glät petroivöl. Valans us ätudredälons, bi acedons, das äbinons drefäbs tataka fa jekidunans. Ömans pätegons me blud, ed ämutons getön käli sanavik; id äbinos man, kel jino ideadom, ab läbo äkanoy gelifükön omi; cils pädotagons—äbinon jenöfo kojmar jeikik. Lio jenot somik badik kanon-li jenön in län at? Kiöp binoy-li sefik? Ab flen flena obik jenöfo elovelifof vali, ed äkanof bepenön oni. Ma sagäd, etuvoy gididani, kel äklänedom oki in bötidöp nilädik. Poldans eplöpoms ad fanäbükön omi. Ogivulom midunis oka. Din kinik jeikik, o Melanie! No-li? No kanoy-li plu koledön sefo?"

111

Dil folid

Ün soar latik, jiel Melanie etelefonof söri Mabel ad sagön: "Elilol-li dö mijenot jeikik kel ejenon adelo? No sevob kikodo no äbinon in televid asoaro—ba steifüloy ad klänedön vali, if no tefon lucogi. Ab no süpädoböv if ästeifüloy ad moükön nunis veütik obes. Alo tatak fa jekidunans ejenon in staudöp zänodü zif. Man estirom vabi omik stedo ini staudöp, kö esplodon. Däm äbinon tikädabik, e tudredäl äreigon valöpo. Mens pätegons me blud, cils pädotagons, e mödikans ideadons kodü vuns pegetöl. Jekidunan, kel milagiko iskeapom, päfanäbükom poso fa poldans, ab erefudom ad lovegivön nunis alseimik. Lölöfiko no sevob kikodo dunot lenaudik at no äbinon in televid. Kodonöv-li bo ledredi valemik? Lejeikob plu ka kanob sagön. No fümob, dido, va olüvob büri odelo tü zedel. Obinos ba gudikum ad blibön sefo is in bür. Ab kin sevon-li, kiöpo jekidunans odunons tataki nulik? Lifobs dü tim riskädik, o Mabel! Kis fino obinon-li fätot obas?"

Dil lulid

Pö timüls ömik bü koledüp, jiel Miranda igeton telefonoti de jiflen Moira, kel äsagof: "Pidob, o Miranda, ab cedob, das no binon tikamagot gudik ad koledön kobo adelo. Pidob vemo, das no enunedob oli büikumo, ab mutob koefön, das jekob."

"Jekol-li? Kikodo?"

"Esagoy obe, das tatak fa jekidunans ejenon in staudöp seimik ädelo. No äbinon in televid u gasedem, bi steifüloy ad vitön tudredäli valemik."

"Fümol-li? Kis ejenon-li?

"Jekidunan ästirom vabi stedo ini staudöp, kö esplodon. Pem diabik äreigon, äsä okanol fomälön osi. Bumot penosükon; mens ädeibludons; cils pädotagons. Kvips sananas ilükömons suno ed idunons mögikünosi ad savön lifis. Fümo äbinon kojmar verik pro mens at. Jinos, das jekidunan iplöpom ad skeapön milagiko, ab

112

poldans ifanäbükoms omi in bötidöp seimik. Spelob, das odeilägoy omi."

"Fümol-li dö atos, O Moira? Töbo kredob osi. E kikodo viloyöv-li cütön valanis? No kanoy bitön somo, no-li? Mödikans ulogons vali, ud ulilons dö jenot somik."

"No sevob, ab jekob tuvemo ad koledön ko ol adelo."

"Benö, suemob gudiko dredäli olik. Ba okanobs koledön kobo tü del votik."

"Gudö."

"Sevol-li, o Moira, i bisarikos ejenon obe bü nelunüp: ädelo äkoledob in staudöp nilädik, ed äbinon id us mijenot ko vab. Too nos badik ejenon. Man in vab, kel idrinom tuvemo ikobojokom ta mön staudöpa. Däm no äbinon mödik, e nek pevunon. Te ilabob stenis ömik kafa su juüp oba. Ab no sötob plonön. Kin sevon-li sekis jenovik if ob it ibinob in staudöp et, kö tatak fa jekidunans ijenon? Sülö! No mutob igo betikön dinis somik!"

Plöp telnaik

"O Dokan Stevenson," äsagof jikälan, "cedob, das malädan in cemil 451 sevälöfikom ebo anu."

"Cemil 451-li? Binom Söl Fleetwood. Kömob onu."

Dokan Stevenson ägolom spido lü cemil malädana patik. Blufams sanavik valik ijonons, das kötet iplöpon, ab obinos nitedik ad kontrolön Söli Fleetwood, om it. Obinos kosäd pösodik, kel binos so veütik in tef at.

Nügolölo ini cemil, ätikom: "Malädan, ofümükom-li sekis fa blufams pejonölis? Eplöpon-li 'feaplan pösodöfa', sonemik fa gasedimans nenolaviko pebepenöl? Obinos-li breinakötet kuratikün, keli idunom, jenöfükam glorik kariera omik? Dü kötet itökom ziöbavivoti patik breina badikumöli tä ziöbavivot legudik breina, fa givülan giviälik pegivöl—bit sanavik nog plobik.

"Säkobsös mani it," äsagom. "Kontrolobsös, va 'pösodöf' büik dädik dido peplaädon fa 'pösodöf' nulik, saunik, nen därop u tup seimiks. Lilobsös oni de nek plä Söl Fleetwood it."

Logs söla Fleetwood äbinons dido maifiks, ed äsmilom sosus ilogom dokani. Fäkädo e spetiko, Dokan Stevenson äglidom omi: "Poszedeli gudik, o Söl Fleetwood, lio stadol-li?"

Smilil Söla Fleetwood ävidikumon, ed egespikom: "Stadobs gudiko, o Dokan. Beno progedobs. No kanobs saidiko danön oli!"

Voläd mifätik

Foginan änükömom ini bötädöp, äseidom oki su lustul näi ob, ed äremom biri.

Edrinölo bosi ota, äflekom lü ob, ed äsagom: "Soari gudik ole!"

"Soari gudik," ägespikob. "Lio stadol-li?"

"Stadob legudiko," äsagom. "Ovilol-li gespikön säkis ömik? Nulälob dö top at."

"Dö bötädöp at-li?"

"No, dö voläd at. Binob tävan da voläds difik. Voläd alik, keli visitob, difon de voläd votik. In voläd bal, el Vincent van Gogh äplöpom mödo dü lifüp; in voläd votik, el John F. Kennedy no pedeidom; in voläd nog votik, el Vatikan pädistukon fa meteor gianagretik."

"Vero-li?"

"Seko, vilob sevön, kis distidon volädi at de votiks."

"Dido, lölöfiko no sevob osi. Elödob ai in voläd at. No sevob, kis distidon volädi at de volädis votik."

"Suemob oli gudiko. Nol ola pamiedükon. Med ad leigodön bali lä votik defon ole. Ab no defon obe. Anu binob tävan plakugik. Givolös obe delagasedi, e sunädo osagob ole disti patik topa at."

Bötädan ägivom ome delagasedi, keli reidom vifiko; poso äsuilogedom lekoteniko. "Ekö on! Is emäniotoy deadi hiela Saddam Hussein. In lomänavoläd oba, lifom nog; binom saunik, e reigom love reigän veitik, kel gretikumon ai. Ab man at binom diktoran badikün jenava obsik anuik. Klänapoldanef omik moükon utanis, kels kanons tädön reigi diktorana at. E kredolös obi, lumens somik binons lekruäliks, e dabinons valöpo."

"Kisi esagol-li ebo anu?" äsäkom bötädan. "Diktoran badikün jenava-li?" Tän bötädan setirom sunädo güni, e deijütom tävani.

115

Alikans obas älogetobs lü bötädan, pejeiköls dub mäpet somik no pespetöl. "Tävan et gitedom," äkleilükom obes bötädan. "Klänapoldans ela Saddam moükoms taädanis valöpo, no te in voläd oma. Nu, kim vilom-li labön drini votik?"

Nat reigon

"Ö Ziom Philip, logotol vero legudik. Lio jenöfo stadol-li anu?"

No ilogob Ziomi Philip sis dead Ziana Alice bü lafayel, bi ibinob in foginän ad pladulön kompenäti oba.

"Stadob gudiko," ägespikom. "Äbinons primo timüls fikulik; äsenob, das dom äbinon so vagik, so koldik, ab äplöpob fino ad bemastön säkädis et. Lif mufon föfio, no-li? No favolös tefü ob. Olödob is soaliko nen fikul. Vilol-li drinön tiedi u kafi?"

"Tied obinon gudik pro ob, danö!"

"Oblümükob oni sunädo. Golobsös plödio ini gadapiadil. Adelo stom binon vero jönik."

"Tikamagot legudik!"

Ünü timüls ömik äseadobs in gadapiadil, äslürfobs tiedi vamik obas ed äbespikobs dinis distöfik. Sosus spikot obas ifinikon, älöädob de stul obik ad dalogön gadi, keli Zian Alice ikälof lelöfiko; gadikäl pro of äbinon lekan mu patik, e fino ivotöfof gadi ini bijutem florabetas, bims e bimüls alsotiks. Neai oglömob naedis mödik, ven äpledob us as cil; äyagob pabis, äkonletob podis pefalöl in yeb, u te ägolob pejänälölo da magif mödakölik e smel jönik liegik.

As magod gada cilüpa obik änelogädikon, ed äsevedikob pubi anuik gada, äpladob bovüli obi sui tab, e, zogöl, ädunob, pestunölo ä nekredoviko, stepis ömik föfio. Spel oba fibik, das älogob magälodi, pölafomälami u pölacedi logik, äbinon dobik.

"Ö Ziom Philip," ästötob. "Kis in vol veitik ejenon-li in gad?"

Äjonob ome yebi, kel iglofon jü kiens oba, e mikebs, kels ipubons valöpo, e kels ämätedons ko yeb; suvo äbinons geilikums ka yeb it—föfakedot milita nestopovik luplanema, kel äkonkeron vali fo on. Florabets kölas alsotik, kels büo pikälons ko löf gretik, piluslugons lölöfiko fa letaid grünik at, kel ätatakon gadi; te bims e bimüls äpubons äs nisuls love stags kledöl e müröls.

De flan votik, hed e plans grämöl iprimons tatakalebiti; spel nemödik äreton, das bims e bimüls ökanons skeapön penevunölo. Do fluk otas änidon ai pö sol latik hitüpa, lekomipi ta tutatak telflanik no ökanons gaenön.

Gad jenöfo ivedon cöngul smalik, kö nämeps äteafons fibepis pö lekomip laidik ad bemastön valikosi. Sunädo äsuemob, das mög no plu dabinon ad golön lindifiko is; ad konletön podis e pärsigis; ad sätenidükön obi dis bledem bima mayedik.

"Nat muton gaenön," Ziom Philip ägespikom fino. "Gadam binon mod ad tupön biti nomik nata, no-li? Binon steifül tanatik menefa ad suseitön ledesiri lienetik ona ad büdön nati it. Pos dead ziana olik, äsludob ad konfidön valikosi nate; fiedob oni lölöfiko ad leodükön vali ma metods peblöföl."

"Ab, Ziom Philip, gad vedon ai kaotikum!" äprotestob. "Bü nelunüp obinon cöngul. Flukabims onepubons dis plans grämöl, flors no plu odabinons, jön brekovik valik pedeimon!"

"O Jonathan, ekö nat, kel jäfidon ai. Atos pladulon cedi oba kuratiko: sevabo ad finükön ledesiri obas ad büdön nati, ad suseitön cedis okiälik e dialis drolik obas sui nat it. No sötobs üfo sludön, kis lailifon, u no. E zuo, kis binon-li jön verätik? No tuvobs-li jöni in nämed, in lailif levikodik, in fäg ad lüdön, e ad nülimükön lölöfiko ini sogäd zü obs? Utos, keli dunol, o Jonathan löfik, binos ad gönön fibikanis e nelönedanis. No dasevol-li pöli stabik tika olik?"

"O Ziom Philip," äsagob, pö steifül däsperik ad klilükön täläkti oma, "suemob gudiko, das label ni timi saidik, ni desiri ad vobön in gad, ab kikodo no dünükol-li gadani ad kälön oni? Fümiko no omutol pelön moni mödik ad atos, e säkäd ola no plu dabinon... e gad posavon!"

"Ab no esuemol oli kuratiko, o Jonathan. No tefon timi, u moni; tefon filosopi."

Äbespikobs dinis votik dü tim nelunik, ab bi Ziom Philip no ävilom dalilön blöfädi obik, ed äblibom fümädo pö ced omik, das gad älabon igo gitäti ad nexänön ini stad cöngula smalik, äsludob fino ad bespikön dinis votik, ed ävitob dinis somik, kels bo ükanons (God galedomös obis!) kodön bespiki hitik, e kodön zani.

Tü soar ot, posä ikrugikon spikot obsik vü sökod dinas boso neskänikas, Ziom Philip äkvisinom fidädi pro bofikans obas, keli äjuitobs kobo. Poso ägolobs ini sälun, ed ädrinobs us väreti konyaka. Ziom Philip äprimom ad spikön dö Zian Alice, dö tims gudik, kelis älifädons kobo, dö tim pasetik cilüpa obik ed ut bloda obik; äsäkom obi dö karier oba, dö diseins fütürik oba, dö benolab famülanas retik, e va ädesinob ad visitön onis.

Süpo äropom säki, keli no nog ifinükom, ädoseitom väreti omik, ed äfronükom flomi.

"O Ziom?" äsagob. "Kis binos-li?"

"Senälob boso misaunik," äsagom me vög sofik. "Seni bisarik senälob is... Vög oma pianiko ästilon, ed äjonom obe blöti oka.

"No favolös, fümob, das sen at omogolon pos nelunüp," äsagob ad kuradükön omi. No tudredolös—klienolös pödio e natemolös dibiko. Nu, dalob-li yufön oli?

Älemufükom kapi noiko, ab pos nelunüp ämufükom nami oka, äsif äbinon töbid gianagretik, kel ävagükon retilis nämeda omik. Äsagom: "Badikos ai, o Jonathan, sötol bo sukön sanani. No plidob osi. Kanon binön boso fefik."

Älöädob de stul oba, ed ästeifülob ad tuvön telefoni. Kis ikodon-li atosi? Fid ibinon gudik; fidäd no ibinon tu mödik. Ba drineds-li? Ab Ziom Philip te islürfom tofo konyaki oka. Fädo ätugeükom-li tefü sen nendämik, ed äspelom-li, ifi su nivod nesevälöfik, ad galükön kesenäli oba? Tikamagot at iflapon obi ebo anu.

"Ab flanü votik, bo no sötob sukön sanani," äsagob, ed äseidob obi dönu. "No esagol-li, das nat muton gaenön ai? No obinos-li lölöfiko ta filosop olik ad sukön sanani e ad suseitön cedis okiälik obas sui nat? No obinos-li nedalestimik flanü ob, ad vügolön vü lebit natik e lekred ola?"

Dü timül äseilom. "Sülö, o Jonathan!" fino äsagom Ziom Philip me vög drediälik. "No jenöfo cedol somo. E labob senäli fümik, das din vedon ai badikum. Senälob äsif okanob svenön ün timül alseimik. Kredolös obi—cedob, das bos fefik ejenon. Nu, vilol-li, begö—"

119

"O Ziom Philip," äprotestob. "No kanol niludön, das sötob gönön fibanis e nelönedanis!"

"Sülö, o Jonathan, kisi odunol-li if odeadob is? Betikolös dini, o yunan!" Vög Zioma Philip äbinon däsperik anu.

"O Ziom Philip, kim binob-li ad sludön va seiman sötonöv lailifön, u no? No sötoböv-li klemön neodi obik ad reigön nati, e buikumo ad leadön lailifön utanis, kels binons nämikis?" Älogedob lü Ziom Philip ed äküpetob, das küpädiko ipaelikom, e das däsper verik pälogädikon valöpo su logod oma.

"O Jonathan!" äsagom me vög töbo lilovik; äbinos yufilebeg oma lätik tü timül deada—nemuiko ägivom obe magädi somik.

Äsä älöädob de stul, älogob, das lif e köl igekömons ini logs e logod omik. Äsagob: "No jäfikolös me atos, o Ziom Phillip! Osukob sanani sunädo." Vifiko ägolob ini luyal, bi imemob fino, das telefon binon us; ab büä äsegolob se cem, äflekob lü ziom obik ed äsagob: "Ed obinon bo tikamagot gudik ad sukön i gadani, no-li?"

Ledesir ad tävön

Dokan Mortimer Yakobs ibinom mo nu dü düpalaf, ed äprimobs ad dotön fefiko plöpi sperimänta omik tefü täv da tim it. Pluamanum obas no ikesenälobs fredimi oma dö sek lukünik omik ad blufön letüvi oma ad davedükön tävi da tim it.

Äprimikobs ad bespikön vio ösötobs nunodön nelogädi oma. Ab ekö om anu, kel ejenöfikom dönu su skaf smalik, keli ilüvom ko süp leigik bü düpalaf. Bofikans obas pätakedükobs, päsüpädobs igo, ven äsagom: "Ebo anu, etemunols letüvi nolavik gretikün—täv da tim it mögos! Letüv at oba ovotöfon voli."

Fisagölo seti lätik at, äjinom lunidilön äs magälod in däsärt. Äfavobs, päjeikobs igo; poso Dokan Yakobs äsagom: "—etemunols letüvi nolavik gretikün—täv da tim it mögos. Letüv at oba ovotöfon—"

Dü timül seil äreigon. Tän yufan cifik dokana Yakobs, nemü Edgar Blake, äsäkom: "Valikos binos-li leodik lä ol, o Dokan Yakobs? Lio stadol-li? Sufol-li bo sekis ömik täva olik da tim it? Sufol-li bo düpazögafeni?"

Dokan Yakobs no äjinom lilön säki. Äfövom ad lunidilön ai, äs magod su jonet televidik, kel no gudiko jäfidon. Äsagom: "—täv mögos. Letüv oba ovotöfon voli. Etemunols nolaviki—"

"No binonöv-li tikamagoti gudik ad visitön sanani, o Dokan Yakobs?" Vög ela Blake ädäspäron ai plu. Maged bisarik at ävedon ai bisarikumo, e Dokan Yakobs äspikom ai: "—gretikün. Ovotöfon voli. Etemunols. Täv mögos—"

Älogedobs odi, nen sevöl kion dunön.

"—letüv. Oba ovotöfon. Timi. Letüv gretikün—"

Vög Dokana Yakobs äjinon anu ad moikön e geikön lunomiko. Klülabiko sperimänt ipölikon jekäliko.

"—etemunols. Voli. Letüv oba. Nolavik. Timi. Eläbols. Mögos—"

"No kanobs-li yufön omi?" älerorom Blake. Vöds lätikün Dokana Yakobs, büä lölöfiko pinosükon magod omik, äbinons: "—tim—votöf—gretikün—"

Pizad lätikün

"Kondöt olik len tab vo naudon obi," äsagob mane, kel ebo anu ipubom in staudöp, e kel äflotom da tab oba, igo da pizad Säsunas Fol.

"No favolös!" ävokädom balan botanas. "Mans at binoms mödadilo nendämiks. Ya elabobs mödikumis omas. Jäfoms me sperimänts tefü materilovepladam e dabinon nenomot semiknaik in sit. No sötoms pubön is."

Man äflotom detü ob, ed äsolidikom ven futs oma äbinons nog dis tab nilädana obik. No äkanom mufön us, ed äluvokädom kodü dol muik äsä ädasleitom tabi.

"Säkusadolös ludämi at," äbegom botan. "Ojäfobs me vali."

"Vo binos demü nolav," äsagom nilädan obik kesenäliko.

"Jinos obe äs jekälim," ägespikob, "te küpolös ludämi!"

Man bludik päyufom e pämodugom fa botans anik, e tab pedistuköl päplaädon. Nilädan obik, lemufükölo kapi, äsagom: "Läb kion, das man at no äbinom ninü tab it. Binosöv fefikum."

Timüls ömik poso, älogob futi e dili löga, kel äpubon se blöt oba.

"Dabinos dist mu veütik vü nolav e jekälim," ävokädob tudredäliko. Ats äbinons vöds lätikün oba.

Sletot klinik

Hiel Sammy äsmililom ven äloegom kömön grupi töranas. Ägekömons de Lak Panddhra, kö nendoto istunidons länädi jönik e failotis, kels ägelokons su niv takedik vata. Anu ästebedons nibudi lä stopöp nilik.

I memotiselans ömik votik ästebedons grupi nulik "dünetabas", ekö pöt dialik ad tedön. Törans at ozüikons te jüs lüköm nibuda, e so obinons drefäbs "fasilik".

Sammy ästebedom grupi at lükömanas, ävälom balani utanas, ed änilikom lü om—man pinädik bäldotü yels foldegas, kel äsuetom vemo in plöjit leluimik oka.

"Ekö däsinots jönik," äsagom ome, tovöl "lekanotis". "Nejeriks—remots gudik. Kil suämü te dolars lul. Xamolös onis ol it."

Man äsmililom, logedöl vifiko däsinotis. "Däsinots blägik-e-vietik legudik," äsagom. "Edunol-li atis, ol it?"

Sammy änutom. "Lekanots kalieta legudik, no-li? E suämü gudik. Memot lölöfik."

Man äxamom däsinotis valik, kels äjonons patis länoda zü Lak Panddhra, keli ivisitom ebo anu. Änutom lobülo, sagöl: "Benö! Dolaris teldeg lofob ole tökü däsinots valik. Baicedol-li?"

Nu Sammy päsüpädom. Atos äbinos nekösömik. Kösömiko mutoy süädükön menis, tän ävilädons vemo, ab fino äremons däsinotis ömik suämü dolars tel-kil. Nek büo iremon stoki lölik oma, e nek ilofon ome dolaris teldeg äs anu. Man at, äbinom-li u mu liegik, u te stupädik? Too ekö pöt legudik ad gaenön dolaris teldeg.

"Gudö!" äsagom Sammy. "Dolaris teldeg odasumob." Ägivom ome stoki lölik däsinotas suämü dolars teldeg. Ädanom mani ed ämogolom. No ävilom blibön is, bi no labom canis votik. Nu omutom dunön däsinotis mödikum.

Lomo äpleidom, das ilevikodom dönu töranis—atna levikod go frutik. Ästeifülom ad fomälön logodi viktima oka, ven ulasumom däsinotis oma latikumo ad tuvön, das nig ififainikon, e te mödot padas vagik äreton—pads, kels ifrädons dolaris teldeg.

Ekö metod ela Sammy ad vinditön töranis e ad pönön onis demü tup, keli ikodons lifamode oma in vilag. Ivotükons vali, seko äcedom, das ägidetom ad sukön vinditi. Ekö metod oma ad kotenükön neodülis omik lä ons; lölöfiko no ädämükos büsidi oma as memotiselan. Äbinon sit, kel äjäfidon legudiko, e kela äpleidom.

Ämebom nog delis, ven lif vilaga äbinon balugik. Äbinon jenöfo vilag takedik päskaranas, kö mens älifons ed ävobons ma mod vönaoloveik. Anu päskarans äkanoms gaenön moni mödikum dub fotografots, kels ädunons törans, ka dub päskar. Konöm pigüflekon, foginans ilükömons, ed äbüdons vali anu; mans mödik iperons vobi, ed anu töbo äkanoms kosididön famülis. Dels gudik büik äbinons ya mo.

Seko vikodil alik äkuradükon omi. Äjokom name ini pok, äsetirädom zöti dolaras teldeg, ed ätovom oni äs vikodamal.

Ab—kis, nemü diab, ijenon-li? Äxanom zöti, äzüom oni ai dönu, äsukom da poks. Ab ätuvom nosi! Papüril at jenöfo ibinon zöt dolaras teldeg, ab nu äbinon vagik. Papür nen völad seimik. Ibinon zöt pedobüköl me nig fino nelogamovik—kuratiko äs däsinots omik.

Sammy ärölom papüri ini glop, ed ämojedom oni. Diabö! Ädästurom sui bed, lemufüköl puni lü töran maleditik. Klülabiko man äsevom omi, äsi cüt omik. Ba flen u röletan ibinon is enu, ed iremom däsinotis ömik somik. Isagom ome bo vali. Nu ästebedom eli Sammy ad remön 'lekani' omik. Ekö kod vilöfa omik ad remön, nen viläd, stoki lölik oma suämü mon mödik—mon pedobüköl.

Sammy äbinom lezunik. Ädasevom, das anu cüt omaifinikon. Lurepüti oma fino itüvoy. Omutom revidön disini oka, tuvön bosi nulik, primön dönu ko sletot klinik.

"Si," ätikom, äsä ävätälom zöti vagik, äsi däsinotis, kels anu fümiko uprimons ad nelogädikön. Sletot klinik, dido.

Din nebespikovik

Ibinon del jäfädikün in bür, e hiel Rick gudiko äsevom, das vobod oma no nog pifinükon. If dunom vobodi vifiko ä duinafägiko, mögod dabinon, das okanom bo golön göliko lü bed e juitön slipi saidiko gudiki; fümo neodom oni. Lükömöl lomio, jedom mänedi oka sui söf, e kidom matani su cüg. "Soar gudik," äsagon vög, dil nünömaprograma domo. Vüo nam itreigik ästäänikon ya ad lasumön mänedi oma, e ad lägön oni in klotikipedöp. "Fenikol," äsagof jiel Linda. "Kisi buükol-li ad fidön?" "Bo fided Litaliyänik-li? Buükob fidedi Litaliyänik aneito." "Obüdob otosi onu." "Benö! Vüo ofidunob reti voba obik. Sötob finükön nunodi patik at gödo odelik."

Du Linda ädunof programi patik tefü fided, Rick äreidom laodiko tikamagotis ömik tefü disin oka nünöme, kel fino öredakon valikosi, e kel öbükon naböfodönuami fasiliko reidoviki. Du äspikom, älogedom viföfiko lü jönet vidik flanü votik cema, kö äkanoy logön nulodis nulikün bevü nunams tedik e musigakasäts.

Du äpreparom kludodis oka, Rick äkanom lilön eli Linda, kel äsäkof nünömi ebo anu, va binons vödanunilis pro ons. Onu nünöm donükon toninämükiani televidik ad pledön tonatanili. Jenöfo ädabinons vödanunils ömik, ab nunil nonik veütik pro om. Nu fövom vobi dönu, e sosus nünöm oma igeton fino patis valik, äbüdom oni ad redakön e ad penön vali. Mutom stebedön rigeti balid. Poso obüdom nünömi ad dunön naböfodönuami votik stabü mobs nulik at. Ven okotenikom lölöfiko ko vödem, om e nünöm obespikons fomäti, äsi dinis votik distöfik, ed ünü düp bal ogetom, spelabiko, blufamis vödema finik ad koräkön. Büä golom lü bed, nünöm oblümon ad bükön vali du slipom. Tü göd odelik, spetom ad tuvön kopiedis tumluldeg brojüra, äsi nunodi oka, kobü pats statitik, kels ledutons lü disin oma. Ab anu kanom sätenidükön oki.

"Fided oblümon ünü minuts anik," äsagof Linda.

"Benö," ägespikom. "Reto, kiöp binom-li soni Ian?"

"No logob omi sis lunüp. Kiöp binom-li Ian?" äsäkof nünömi.

"Binom in cem oka," äsagon nünömavög. "Kanob sedön ole magodi oma su jönet, üf vilol osi."

"Si, dunolöd osi." äbüdof. Nunams tedik vifiko paplaädons fa magod in cem sona Ian.

"O Rick! Kömolös, begö, e logolös atosi," äsagof ome takediko, ab Rick ya iküpom favi ofa. Älogetons odi dü timül, lölöfiko nen suemön. No äkanons sagön igo vödi bal. Pos seil dredälik, Rick äsagom ofe: "Mutobs spikön ko Ian." Änutof, ed äbexänof tridemi pos om, seilo.

❈

"Kis sinifon-li atosi, o pul?" Rick äflagom sone pläni fulik. Ian älogedom sui glun sosus idasevom, das pals no äkotenikons dö desin oma.

"Binon disin jafik," ämurülom fibiko. "Pro jul."

"Benö! E kisi viloy, das dunol?"

"Viloy, das jafobs cini. Bosi mufavik. Bosi, kel..." Vög omik pianiko ävedon nelilovik. Äbinos klülabik, das no plu ävilom fövön yegädi at. Rick äsludom ad yufön omi.

"Viloy, das jafol stuki lönik, no-li? Spetoy, das gebol nünömaprogrami olik ad disinön e ad jafön cini semik, u disini jafik, u somikosi alseimik; e, o flen löfik, kisi edunol-li fino?"

Ian äblebom seilik, fulü jem e töb.

"Jenöfo vilob sagön," Rick äflagedom "kis binon-li *atos?*" Äjonom me doat dini bisarik, me kel son, bü minuts ömik, ijäfikom.

"Binon jevod," äsagom Ian.

"Jevod," äsagom Rick, so takediko äsä äkanom. "Suemob."
Jevod pifabrikon se dils boada e tuigilas, kels pikleibons me
taneds kleböfik. No äsevom, kö pul ituvom stöfi at. Fümiko
nünömasit no iblünon oni. Ba äbinon- li gagot, keli pul ilasumom,
om it, su süt? Tikamagot at änaudon omi.

"No vilob gebön nünömi oba," äsagom Ian anu; ituvom fino
kuradi ad plänön fuliko biti oka. "Vilob gebön namis oba. Vilob
mekön bosi distöfik me nams obik. Vilob mekön nimi. Cedob, das
binos din gudik ad dunön. Suemol-li, o Fatül? Naütob ad—"

"Saidö!" gololös lü bed anu. Obespikobs osi odelo."

Rick e Linda ägolons se cem, ed änexänons tridemi. Linda
ikesumof "jevodi" sonemik, ed älogedof oni miniludiko, äsif
äbinon miot.

"Omutobs bespikön dini at ko om," äsagom Rick ele Linda du
äfidons. "Pul labon säkädi fefik. Fümob, das no binos tu latik ad
tuvedön oni. Okanobs bo yufön omi ad moükön cedi nesaunik at
oma. E fümo mutobs distukön ludini at jeikik, keli emekom, büä
ek otuvon oni. Levi obes üf nilädans ba ologons oni! Nim, dinas
valik! Te fomälolös osi, o löfäb!"

Tikamagot somik ädredükon eli Linda vemo. Äfidons kobo
seilo, ed äbuons ad glömön dini töbik at nebespikovik dü ret
soara.

Lödans gumöpas

"Vilob motön putüli," äsagof jiel Miranda. "Putüli-li?" hiel Mike ästifikom.

"Si." Mike älemufükom kapi oka nekredölo, ed äfövom ad säklotön oki. "Dasevol-li riskodi utosa, kelosi esagol? Dasevol-li riskädis ad motön putüli?"

"Lesi!" Miranda klülabiko äspikof ko süad bundanik.

Anu Mike äbinom lölöfiko nüdik, ed ägleipom gumaklotemi oka, kel pävilupon in päks härmetiko pesnilöls. "Dasevol-li, das omutobs jäfükön me fomets alsotik? Ed alo, kiöpao egetol-li tikamagoti somik? Gudiko dasevol riskädis ad motön putüli anu. Vö! No kanob suemön lecedi ola. Nu, jäfükobsös me dins votik."

Vifiko ämaifükom päkami, ämoükom oni, ed äprimom ad säplifön gumaklotemi.

"Stebedolös te timüli, begö!" äsagof Miranda. "No nog klotolös oli. Vilob sagön bosi plu."

Mike älelogom dilis lasivik kopa ela Miranda, kels äbleinälükons omi me nüd lölöfik onas, ed äseifom ai däsperiko. "Benö. Spikolös. Dalilob oli."

"Cedob, das gumaklotems at no binons romatiks. Ven lenlabol kloti somik, logot ona binon jeikik; e zuo, senoy mu nekovenik."

"Sülö, o Miranda," Mike äzunikom ai plu. "Cedol-li, das lenlabob klotemi somik maleditik bi plidob oni? No ereidol-li delagasedis dü yels deg pasetik? Eglömol-li malädi jeikik, kel fibükon, igo distukon jelasiti kopik?"

Miranda änutof, ed ädoniologedof lü glun.

"E bo omemol, das virud at lonedükon oki, e daglofon ad sasenan nenmiserik, kel kanon jenöfo tadunön tanoganilamedini alik, kel kanon lovepladön oki lü nogan votik ma mods distöfik, samo, me suet u salif, u me flumot votik kopik datikovik.

Memol-li, das kontag alik ko skin votikana vedon riskäd deadöfik? Mens no plu lemufükons nami nen glufs. No plu kidoy cilis. No plu dunoy kosädi genik nen kopajelod lölöfik. No plu matikoy nen blufams sanavik nenfinik. Med soalik ad motön putülis anu binädon me nüsovam ma stips kuratikün sperimäntöpa pos lemödot jeikik böladas sanavik e guverikas. No mögos, das eglömol valikosi atosa."

"Fümo no eglömob osi!" ävisipof.

"Benö," äsagom Mike. Anu zun oma änepluikon. Ägidetof, klüliko. Gumaklots no äbinons juitiks, fümö! Ab nemuiko garanons sefi lölöfik. Vilupons kopi e siolons kopi menas ta züamöp plödo: kludo moükons riskädi alik venenama. Flumot kopik nonik, igo natem nonik, kanon nüdranön oni. Klots somik dalabons ninädianis smalik ad kipädön spärmati, äsi lutiblüni, kel dulon dü düp bal. . I binons klots nejerikum, kels binons gudiks, if no geboy timi tu mödiki. Fino dabinons i klots nekösömik ma vogäd nulikün.

"O Mike! Dabinos nog plu..."

"Vö!" Iropof tiki oma. Äbinof-li fino blümik ad fölön düneti oma?

"Vilob verato motön putüli ma mod büik. Mojedolös gumakloti, o Mike! No labon veüti anu." Büä äkanom protestön, ilöükof nami oka, ed äsäkof: "No nog elilol-li nunis nulikün?"

"No, äkömob lä ol ebo anu. Kisi ejenos-li?"

"Jinos, das edatuvoy sotis ai cenölis viruda, kels enüdranons ini nulüdotajän obas. I dabinons in vat, e jiniko nogans ömik tävons in lut."

"Seko, vilol sagön..."

"Vilob sagön, das anu kanoy panäfätön, u fidölo, u drinölo, igo natemölo."

"Ag, suemob."

"Seko alikans obas omutobs lenlabön gumaklotemi labü lutiblün laidik, u..."

"U no plu favobsös tefü seimos. Lesi! Sevob anu utosi, kelosi vilol sagön." Pos zogil, Mike äleadom falön sui glun gumaklotemi, ed ästäpom oni flanio. Miranda ägidetof. Leno äbinon veütik. Äsä äküpedom smilili vüdöl ofa, äbradom ledesiriko ofi.

Pödio ini atim

Dokan Thomas Whitford ädasuemom, das timül jenavik ilükömon. Älogedom vifo lü yufans in büdazänod, ägrämom ini timacin ed äfärmükom yani. Adelo om e yufanef oma votafomomsöv jenavi; odunoms sperimänti balid nolavik tefü täv da tim. Jünu blufs nen mens no iprodons sekis kotenüköl, ed äpleidom, das äbinom man balid, kel pivälom ad kompenön ko disein somik.

Änünatemom dibiko ed älüodükom tikodi. Lemödikna iplägom roti in sümädöm, ab nu tim it ikömon. Medü cin nulädikün at, golomöv pödio e föfio da tim. Riskod äbinon mu smalik, äsä ijonons blufods mödik. Mu lezilo ädesirom ad primön.

Balido äleodükom büdömis timacini ad dunön timatävili brefik, sevabo: jü minuts lul pödio ini paset. If valikos äbaiädon bai disein oma, sperimänt at no ödulon tulunüpo. Desin oma äbinon ad tävön ini paset ed ini fütür; öblibom ai in büdömakäben, in kel blimem öregistaron valikosi. Id äbinon fenätil us ad lofön ome selogami; kosäd valik ko büdazänod öbinon nemögik jüs geköm oma ini presenatim.

Lit grünik äjonon, das ilükömon. Älülogom plödio; lad äpebis, ab äkanom logön te vagi blägik. Vifiko äkontrolom nunädis kaenik in jonülöm, kels älesions, das nos ädabinon plödo. Atos äbinos no pespetöl.

Nepestöpädöl, el Whitford äleodükom büdömis timacina ad tävön jü yel bal ini paset. Ätuvom dönu, das ädabinos te vag plödo, kel pälesion fa nunäds de senovöms. Äjinos nemögik, das cin no gudiko äjäfidon. Ba kleilükam jenöfo äbinon, das nos ädabinon plödo, kiobisariko äjenos atos.

Isludom ad fövön sperimänti. Ätävom jü yels luldeg ini paset; tumyel, tumyels deg, ab alikna ädabinos te vag. Tän äprimom dili telid täva: jü minuts lul ini fütür, jü del bal, yel bal, yels deg. Süpo igo äsludom ad golön jü yels degmil ini fütür, ab vag blägik älaidulon ai.

El Whitford ädofalom ini stulil oka. Ats no äbinons seks, kelis yufanef oma äspeton, ab äkanom dunön nosi dö atos. Kleilükam utosa, kelosi itemunom (u kelosi no itemunom-li?), kis äbinon-li? Ba tim it jenöfikon tü timül jenota, e presen binon te notodot jenöfik balik. Seko ba paset dabinon te in memäls menefa, e fütüratim in tikod ota. Sekü atos, binos tikavik, das vag dabinon e bü, e pos presenatim. Letuvot somik proyekonöv liti nulik tefü nat tima, e ba, kodü atos, studs e metods nuliks sökonsöv. In tef at, sperimänt somik no ibinon vano.

Anu äblümom ad gekömön, ed äleodükom büdömis ad lükömön lü presen. Stebedölo imökom spikoti brefik pro yufanef, igo if no älabom nulodis gudik. Fulü bluv e dred, ätuvom, das i presenatim äbinon vag blägik. Klüliko atos äbinos nemögik. Ab stebedobsös bosilo. Fikul äbinon bo, das miedet oma "presenatima" äbinon tu nabik. If presenatim äbinon jenöfo te frak smalikün tima, kel jenöfikon ünü laidavilup spada-tima, (ma blöf oma), täno no ömögos ad givön däti e düpi, igo jü minut bal. Äneodoy kleilükami mu kuratikün.

Ab tü düp kinik kuratik imogolom-li lü presen no dabinöl? E kleilükam kurata ota, liokuratiko omuton-li binön? Jü sekun bal-li? Jü tumdil sekuna bal-li? Ba säkäd omik äbinon, das no äkanom kleilükön saido kuratiko tikamagoti "presena", seko no äkanom leodükön kuratikumo büdömis ad atos.

Ästeifülom ad rafinükön programi, ab no äkanom kotenükölo tuvön "presenatimi". Timül at patik äjinon ome lölöfiko nerivovik. Ästeifülom ai ad atos, bi no äbinos votikosi ad dunön, ab vifiko ädasuemom, das steifüls oma äbinons vano.

Lenatemölo lo neletians e nekotenükam, äbiegädom ed älogedom ai lü vag blägik. "Neai sötob elüvön preseni," ädasuemom. Ab liedo nol at ikömon boso tu latiko. "E no kanob sagön, das sperimänt somik äbinon vano, bi jenöfo etüvob nati verik tima. Ekö reaf veütik pro füsüdan äs ob. Liedo no okanob dabükön tüvi oba, e seko no ogetob bläfodis e konstatis tefiks."

Nefefo äjäfikom boso plu me stumem, ab poso äklemom leodükamis fädik oma. "Perob timi obik is," ätikom, ed älusmilom demü coged nepedesinöl.

If lif saludon-la…

Gekömölo lomio de bür oka, hiel Tom äsevom, das ömutom prüdön. Äfärmükom yani, äsälenükom mänedi, ed ägolom ini kvisinöp.

"Ekö ob!" äsagom matane Sylvia, kel äreidof gasedi su söf.

"Elifädol-li deli gudik? Binol-li fenik?"

"Saidiko gudik," äsagom, "ab faemob, säkusadolös obi—"

"E koldät olik-li?" äsäkof. Ab äbinos tu latik. Äbadinilüdof tefü bos. Vög oma nämik e klilik nendoto iträton omi. U ba natemam omik, kel äbinon boso fikulik jü adel. Esötom sevön, esötom preparön visoseidi at gudikumo.

"Senob vo gudikumo, jenöfo. Nu, vilob kvisinön fidedi vifik—"

"O Tom." No äplidom tonodi patik vöga ofik.

Logölo ofi doseitön gasedi ofa, löädön e kömön lü om, äsagom: "Si-li?"

"Leadolös obe kvisinön bosi pro ol, o Tom."

"Ab kanob dunön osi, o löfäb. Binol mu gudälik, ab—"

"Binos te nomik, das vom yufofös matani malädik."

"Ab no plu binob malädik, o löfäb." Ekö! Äsagom osi. Ätikom: "Binob fopan maleditik! Ekö ob, kel prüdob somödo ad garanön, das matan oba no tüvof, das emoikob koldäti at, e töbo egolob da yan, das eträtob obi!"

Änutof. "Eküpetob atosi."

"Cedob, das jelasit oba takomipon ai plu ta viruds somik," äsagom, steifülöl ad savön oki.

"O Tom, begö," äsagof. "No zadidolös oli. Sevob, das evisitob tedani dönu. Sagolös osi obe, o Tom. Eremol drogis dönu, no-li?" Stunolüloged ofa dudranöl ikoldükon bomis omik.

134

Ästeifülom ad tuvön säkusadi, kleilükami, bosi, kel ölibükon omi de mistad at, ab ädasuemom vifiko, das äbinos vano. Äsevof osi. Äbinos tu latik. "Si," äsiom. "Pidob. No odunob osi dönu." "Esagol osi büo. Neai olärnol, o Tom." "Pidob, das eviodob senäli ola somo, o löfäb." "Edunol mödikumosi ka te viodön senäli oba, o Tom. Cedü ob, ekö lenof stedöfik obe! Remölo dinis somik medü maket blägik, ol kofol obi, kofol vobi oba äsi valikosi, keli pladulob. E no emiedükol remotis olik droges, no-li?"

"No fümob, das suemob dö kis spikol," ägespikom, do jenöfo äsevom gudiko dö kis äspikof. Ämögos-li, das itüvof dinis kläno pigetölis oma, to stad pevealöl otas? "Sülö," ätikom. "Atos badikos aldeliko plu."

"Dalolös obe ad flifükön memi olik," äsagof me vög koldik äs glad. Äsökom ofi ini kvisinöp, äloegom maifükön ofi gladaramari e setirön bügis tel. "Sevol-li, kis binons-li, o Tom?"

Kurad oma äfibon. Binosöv nefrutik ad cedidön nedöbi, ab votaflano...

"Su klebazöt jonoy—" äprimom, ab iropof omi nen kesenäl.

"Utos, kel pubon su klebazöt lindifos obe, o Tom. Sevob vio tedans somik maketa blägik votafomoms canis omas. Leadobös jonön ole ninädi bügas at, o Tom."

Äleadof falön onis sui glun, älepedof onis dis hil oka ed ästäänükof ninädi onas love glun kvisinöpa.

"Logol-li? Binos mit, o Tom. Mit pesägüköl. Stöf visedäliko pevotüköl nelonik. Ed ol eremol oni. Ed öfidol oni. Fided vifik. Lesi! Lio kanol-li jonön nestümi somik life? No dalabol-li suemodi fibikün? Lif binon saludik, o Tom. Memol-li osi?"

"Lesi, o löfäb, lesi! Sevob gudiko osi, ab ävilob te moükön koldäti at maleditik. Hetob fidoti härbatimik, keli ejoikol ini gug oba, e—"

"O Tom, saidö!"

Äflekof oki, ed ästepof se kvisinöp, stäänükölo valöpio miti pesägüköl oma, keli iremom me mon nefasiliko pegaenöl. Döbot äduton lü om, sio. Ätikom: "No esötob matikön ko vom at, kel ivedof slopan lezilik mufa "Lif Saludik", muf, kel äflagon stümi lölöfik pro lifafoms valik su tal. Bi flun mufa irivon nivodis bolitik geilikün, iplöpon ad proibön yagi, bridi e pugi nimas ad fid. Enu iplöpon ad proibön fabrikami e gebi drogas, kelas zeil binon ad deidön virudis ä bakteris nedöbikis. Ädabinon nogna maket blägik, klüliko, ab utans, kels äjäfikons me stöf somik nelonik äbelifons fikulis gretik.

"O Tom, labob nuni gudik pro ol." Ekö of dönu, kel älefänof delagasedi foi logod omik. "Ekö nun, keli mutol reidön. Tefos obis."

"Verato-li?" Atos no obinos nulodi gudik. Äslugom, äfärmükom logis oka dü timül, tän äsagom: "E nun gudik, kis binos-li?"

"Jinos, das 'Lif Saludik' orivon zeili nog bali, o Tom. Binobs vego lü benosek votik obas. Lekomip fovon ai, e plöpobs ai plu."

"Benö," äsagom. No äfümom, va ävilom sevön dö vikod enuik ela 'Lif Saludik'.

"Stäänükobs miedis stüma lölöfik pro lifafoms valik dönu," äsagof yubiko. "Suno no plu omutol fidön fidi härbatimik at. Planalif valik pojelon de faem nekvänovik menefa. Klopaglof e klopüp obinons suemods pasetatima. Flukabims e härbats okanons lifön fino nen tup menefa. Osatobs gudiko dö fid koboädik. So-li, o Tom? No cedol-li, das somikos meriton lezälizeli?"

"Lefümiko," äsagom. Däsper pisäsienükon omi. "Odrinob väreti vata büä plöpoy ad proibön i flumoti et mu zesüdiki."

Cüt drimas

"Dalilolös lunoidi at," äsagom hiel Gordon, kel ästanom näi fenät, e kel älogedom lü dom nilädana. "Lio mens et kanons-li sufälön oni?"

"Binos musig," ägespikof jiel Samantha. "Rokamusig. Anikans fe plidons oni."

"Vö, no binob bevü ons," ägespikom skäno. "E läo, cils et no takedons."

"Kisi spetol-li de hipuls yunik? Pledons e noidülons. No tuükol-li osi boso, o Gordon? Sätenidükolös, begö!"

"Niludob, das verätol," äsiom, steifülölo ad takedikön.

"Fided oblümon ünü minuts anik. Nu sätenidükolös, begö!"

Samantha ägolof ini kvisinöp, ed älogedom dönu lü dom nilädana. Jiflen oma äverätof. Ätuükom dini boso. Verat fe äbinon, das no äkanom sufälön Söli Carpenter. Man at älabom vali: domi plitik, toodi ela Mercedes fo on, matani jönik, cilis tel... Vali, keli om it no älabom.

Gordon liedik ämutom sufälön vobi po püpit in bür, lödateadi pülik, veigi publügik, e moni töbo noniki ad kosididön famüli. No äbinos gidik! Ab valikos bo cenosöv anu. Ädesinom ad bespikön osi ko Samantha pos fided.

Sosus ifinükons fidedi, äseidons oki fo televidöm. Du Samantha ätenükof nami ad dalabön fagotastumili, äsagom: "Stebedolös— no nikurbolös oni; ekö bos, keli vilob jonön ole."

Äjütof lü om säkilogedi viföfik. Älöpiokipom bukili, keli iremom in bukiselidöp dü koledapaud, ed ägivülom oni ofe.

"Ät oyufon oli," älüükom.

Älogedof viföfiiko padis, ed äsagof: "Cogol, no-li? *Drims Jenöfiköl, u Lio Votöfön Voli Drimölo*. Kis ba sinifos-li atosi, o Gordon?

137

"Binon namabukil, kel plänon vio kanoy jenöfo votöfön dinis medü drims pereigöl. Ven bejäfoy onis jäfüdiko e verätiko, drims libükons nämädi, dö kel mens no spetöfons. Bepenoy vali is patiko. Oblufob oni aneito."

Samantha älemufükof kapi. "Ag, o Gordon, teor jeikiko nesiämik binon. Lio kanol-li kredön luteori somik? Ekö nesiäm dramatik pro fopans lukredik. No sagolös obe, das kredol osi voiko!"

"No sevob osi, o Samantha. Bukiselidan äsagom obe, das namabukil at binon mu pöpedik, e das no binon tu jerik. Kikodo no blufobsös-li oni?

"So, kisi vilol-li ceinön?"

Gordon äjonom fenäti. "Vilob stöpön noidi et plödo. I vilob nosükön vali reto, kel böladon obi tefü man et."

"Binos vo smilöfik," äsagof; älöädof, ed ägolof ini kvisinöp. "Dunolös kuratiko äsä vilol, ab no böladolös obi pö nesiäm somik. Odelo omutol baicedön ko ob, das äbinos nenzeilik, äsi per tima. Ed i per mona, igo if buk no frädon monimödiki. Ol ga odasevol osi."

Äsludom ad fövön sperimänti nen tikön dö dodam ela Samantha. Ämaifükom bukili, ästudom pianiko e kälöfiko metodi at, ed äblümükom oki ad ceinön vali dub drims oka. Ävilölo steifülön levemo ad atos, ägolom lü bed. At obinon neit patik, vero. E göd odelik obinon ba del patikum.

Tü göd sököl älöädom ed ädujetom oki. Samantha igalikof bü om ed äpreparom kafi du ägolom ini kvisinöp. Sosus ifinükons janedi, Samantha äjonof bukili, keli ilüvom su tab.

"Benö, sperimänt olik, äbinon-li vobedik? Drim pereigöl olik, eceinon-li seimosi?"

"Overatükob osi," äsagom, ed ägolom lü fenät ad vestigön. Bluvo, äküpedom, das val äbinon ai ot. Dom nilädana, Läd Carpenter, äbinon leseilik äs ai. Pötü deadam matana bü yels anik, isludof ad no fealotädön, igo if dom at binon mödo tu gretik pro viudan nen cils.

"Nos eceinos," ävisipom. "Ägidetol. Steifül oba äbinon vanik. No sötob ejäfikön me atos. Jenöfo no memob plu utosi, kelosi ävilob ceinön. Sperimänt at äbinon per lölöfik tima e viläla. Ebinob fopan."

"Lindifos vero," äsagof Samantha. "No binos so veütik. Labobs dinis votik ad betikön anu." Äflapilof bälidi oka pesvelöli; ünü muls anik öbinons pals läbik.

"Benö," äbaicedom. "Nu blümob ad vabön lü bür." Äkidom matani ed ämovabom. Suno ävaibom eli Chevy oka da dakosäd densitik, kel äfulükon sütis. Sperimänt nesiämik oka ya äfainikon se tikäl omik.

Konot fatisasena e nesufäda

Man lumägik äjutedom ini Zänabür Poldanefa ed äsagom balane poldanas, kel ädiurom us:

"Lovegivob obi ole. Edunob krimi badikün, keli kanoy dunön. No meritob ad lifön plu."

"Nu, kelosi edunol-li?"

"Egetävob ini tim it ed esasenob fati oba büä pemotob." Man tio ädrenom, ven mems duna at jeikik ägeflumons ome.

"No cedob, das mögos ad dunön utosi, kelosi esagol ebo anu," ägespikom poldan.

"Sevob cedi ola. Sasenölo fati bü moted oba sinifon, das ekodob timatacedi. Ye tikaviko no sötob binön is—too—"

"Atos no binon sinif vödas oba; ävilob te sagön, das no kanoy tävön da tim. No mögos. Nu säkusadolös obi, begö! labob vobi mödik ad dunön."

"Mutol kredön obi," äflagom man, e tän enepubom. Poldan älogetom nekredoviko lü top kö man jünu ästanom, ed äsäkom kevobanis: "Pästö! Kis äbinos-li?"

"Nesufäd," äsagom balan omas. "Neodoy timi saidik büä fivobedons timataceds somik."

Meib

Hiel Jeffrey äslürfom tiedi, äseitom bovüli ini disbovedil ed älailogedon foi ok. Isenälom, das bosil islifädon se mem oka. Ab kis-li?

"Stebedolöd sekuni," ätikom. No ipreparom-li bosili ad jenots somik? Isüenikom sunädo dö bos—poks oka! Tikamagot gudik ad sukön da poks okik. Balido blit, poso jit e fino yäk. Lesi! ekö on! Penet, su kel ipenädom vifiko penäti. Muton binön veütikos, voto no ipenomöv osi. Nu lünät oma, kiöpo binon-li? No äkanom memön, kiöpo iseitom oni. Äsukom da poks oka dönu, ab vaniko. Ba in layet püpita-li? Ba su tab in kvisinöp-li?

Imutom sukön dü tim ömik ad tuvön lünäti oka (iseitom oni jenöfo in banacem), e, peseadöl dönu su kovenastul oka, äsäkom oki, kikodo iblinom oni. No äreidom delagasedi-li? Seko kikodo oneodom-li lünäti? Äseitom oni ini lünätiär, älüikom lü bovül tieda, ed älogom peneti flanü bovül.

Äbinos-li utos? Äsetirom lünäti dönu, älenükom oni ad reidön penäti.

Äbinon penät omik: *Prüdö! Mem ola no jäfidon äs büo*, äsagon vödem. *Dunolöd penetis dinas veütikün e memolöd, kiöpo eseitol onis. Atos oyufos oli ad noganükön delis ola. Blinolöd ai peni ä pämi. Ats obinons frutiküns ole anu, das binol soalik. No leadolöd memi negudik ola säkuradükön oli.*

Änutom suemoviko ed äpedom peneti ini pok dönu. Äbinos veratik, das äsufom säkädis tefü mem okik, ed anu, pos dead jiela Margaret, ämutom noganükön delis oka gudikumo. Sötom lüdön ta mem negudik oka, e no yilidön one. Penet somik äbinon tikamagot legudik.

Ab kim imobom-li tikamagoti at dönu? Ämeditom dü timüls ömik, täno ifinükom ad drinön tiedi oka, ed istutom len kovenastul.

Lif oma no äbinon so lügik, igo if äsenälom soalöfi jeikiko nen jimatan. Ibinons matans sis... sis yels liomödotik-li? Äflonükom flomi äsä ästeifülom ad memön deadadeli ofa. No äbinon bü lunüp, no-li? Älogom dönu logodi ofik, ab no äkanom memön nemi ofa anu. Älemufükom kapi. Lio äbinos-li mögik, das iglömom nemi jimatana? Klüliko mem oma äfibikon.

"Stebedolöd sekuni," ätikom. No ituvom-li metodi ad bemastön säkädi et? Isüenikom sunädo dö tikamagot—poks oka! Kikodo no sukomös-li da poks oka? Äsukom dönu ed ätuvom peni ä pämi. Nu, zeili kion dünons-la-li dins at? No äkösömikom ad penön penetis, vo-li? Fovo, kine osedom-li penetis somik?

Äseitom peni ä pämi flanü bovül oka, ästeifülom ad säntretön tiki tefü säkäd, kel äböladon omi. Nu, kis äbinon-li säkäd dönu? "No memob," ätikom. "Niludob, das mem oba no jäfidon äs büo. Äbalädikom fino, das no dabinos mödikosi dunovik in tef at, vo-li...

Lised vödas nekösömik

ballüodik *adj.* one-way

bit *n.* procedure, process

blimem *n.* equipment

bludaväd *n.* serum

bluf *n.* test

bobädategöp *n.* arcade, commercial gallery

buig *n.* cubicle

büdazänod *n.* control room

büdöm *n.* **fagoseatik** remote control

büdöms *n.* controls

cemidünot *n.* room servive

cöngul *n.* jungle

ditretalit *n.* emergency lighting

düpazögafen *n.* jet-lag

feaplan *n.* transplant

feracans *n.* ironware

flägrülöl *v.adj.* flickering

föfakedo *adv.* avant-guard

God galedomös! *interj.* God forbid!

hed *n.* ivy

holograf *n.* holograph

jenöf *n.* **säsantik** virtual reality

jonülöm *n.* monitor

keranämetik *adj.* atomic

klänapoldanef *n.* secret police

krugikön *v.* to meander

laidavilup *n.* continuum

lektinamisek *n.* power cut

lektinijafädian *n.* generator

logedadajonäd *n.* peep-show

Lomidün *n.* **Itjäfidik** "Domotics Unit"*

lutonodöm *n.* siren

magodemakäm *n.* cine-camera

materilovepladam *v.n.* matter transmission

müröl *v.adj.* rippling

neletianarön *n.* obstacle race

nemüdik *adj.* tough (of meat)

nevitataköl *v.adj.* nerve-wracking

nomädükön *v.* to calibrate

nulüdotajän *n.* food chain

nunäds *n.* data

nülimükön *v.* to integrate

penevunöl *v.adj.* unscathed

plobik *adj.* experimental

ponadaemod *n.* bridgehead

pölafomälam *v.n.* hallucination

rietalinaglokil *n.* wrist-watch

rokamusig *n.* rock music

---

* Lautan konota "*Säkäd Kaenik*" penom obe, das vöd: **domotics** binon brefükam vödas "domus" ('dom') e "robotics" ('itjäfidükam'). Vöd at sinifon gebi kaenava 'visedälik' ad mekön kovenikumi e koveniälikumi lomi. Ba ukolkömoy tikamagoti at dis nem: Itjäfidükam Lomik, kel binon komunikum. Vödi "Domotics" pebükon fa nünömijäfüdisevans e pagebon suvikumo in Yurop. "Domotics" jenöfo binon kobükam kaenava e dünas ad gudükumön lifi tefü sef, koven ea guv kaenavik. Sit it binon lölöfik e no te büdam fagoseatik. Val jenon itjäfidiko bi binos zesüdik, u bi eglömoy ad dunön oni ito. Votaflano, vöd "Unit" tefon nünömi zänodik sita; seko nätäpret ela "Domotics Unit" binon **Nünöm Zänodik Lomitjäfidükama**. In konot obik el Domotics Unit binon sevärikum ka sits, kelis dalaboy anu. Dido mebon reigamodis ömik bolitik!—Tradutan.

säbledemamed *n.* defoliant
sefazönül *n.* safety belt
senovöm *n.* sensor
spidimiedükam *v.n.* speed limit
stigadrat *n.* barbed wire
sturotadelodöp *n.* rubbish dump
susmen *n.* superman
sümädöm *n.* simulator
tanoganilamedin *n.* antidote
tatakalebit *n.* offensive
tatiriskädüköl *v.adj.* subversive
tikädöp *n.* point of view

tikidavedükik *adj.* thought-provoking
timataced *n.* paradox
toninämükian *n.* volume control
tovapon *n.* drawbridge
tovaskrubian *n.* helicopter
tugeükön *v.* to overreact
vag *n.* void
vatasädütam *v.n.* dehydration
volaleduin *n.* world record
vügolön (vü) *v.* to interfere (with)
ziobedem *n.* batteries
ziöbavivot *n.* (brain) tissue

.